I0788553

LES VEILLEURS DU QUAI DE PROVINCETOWN

PAR

RAPHAËL L. MARLY

Remerciements:

À toi, ma chère Mélanie, à toi, Rémi mon garçon , et à mes petits-enfants Marcel et Alba, malgré la distance qui nous sépare, de la France au Canada. Ce livre, bien que teinté d'ombres, est aussi un hommage à notre lien indéfectible. Que chaque mot vous rappelle que, même loin les uns des autres, l'amour et la complicité nous unissent toujours, et que les souvenirs partagés illuminent nos pensées. »

Personnages
David Sinclair

Apparence: Un lieutenant de Boston à la beauté rugueuse, dans la fin de la trentaine ou le début de la quarantaine. Il a les cheveux courts et sombres, des yeux bleu-gris perçants empreints d'une intensité constante, et une mâchoire forte ombrée d'une barbe naissante. Son visage porte les plis fatigués de nuits blanches passées à traquer la vérité. Il porte un long manteau noir souvent humide d'embruns, une chemise usée à boutons, et des gants en cuir marqués par de nombreuses scènes de crime. Sa présence dégage une autorité silencieuse, mais une mélancolie spectrale plane dans son regard.

Personnalité: Intelligent, déterminé et profondément introspectif. Hanté par les affaires qu'il n'a pas pu résoudre, il poursuit la vérité avec une ténacité implacable. Bien qu'il possède un esprit vif et une intuition aiguisée, le poids de ses découvertes le ronge. L'océan l'appelle d'une manière qu'il ne peut expliquer, comme s'il lui murmurait des secrets juste hors de portée.

Clara Voss

Apparence: Une femme saisissante d'une trentaine d'années, à la peau pâle, caressée par la mer, et aux longs cheveux noirs comme l'encre qui tombent en cascade sur ses épaules. Ses yeux verts enfoncés brillent d'un savoir inavoué, et ses lèvres dessinent souvent un demi-sourire énigmatique. Un tatouage en spirale bleu électrique, composé de diatomées et de sang de requin, s'enroule sous son oreille gauche. Elle porte un simple col roulé noir, des bottes solides, et un long manteau qui flotte derrière elle comme une ombre.

Personnalité: Chercheuse brillante obsédée par les mystères de l'océan, Clara est à la fois scientifique et mystique. Indépendante, intrépide face à l'inconnu, elle est dotée d'une intuition profonde. Sa fascination pour les légendes maritimes et les disparitions étranges la mène sur des chemins périlleux, qu'elle embrasse avec une curiosité intrépide. Même après la mort, sa présence persiste — guidant, avertissant, murmurant depuis les profondeurs.

Dr. Silenus

Apparence: Un médecin légiste vieillissant et émacié, au visage anguleux évoquant un crabe échoué. Il a les yeux enfoncés et perçants derrière des lunettes rondes constamment embuées. Sa peau est pâle, presque translucide sous une lumière tamisée, et ses doigts osseux sont toujours gantés de latex. Sa blouse de laboratoire noire, perpétuellement tachée d'encre et d'eau de mer, renforce son allure inquiétante.

Personnalité: Cryptique, excentrique et légèrement dérangeant. Il parle par énigmes, offrant souvent des observations poétiques ou grotesques sur la mort. Sa fascination pour la décomposition frôle l'obsession, et sa curiosité morbide met mal à l'aise ceux qui l'entourent. Il trouve de la beauté dans le macabre et aborde chaque autopsie comme s'il tentait de déchiffrer une langue oubliée.

Jake Morrow

Apparence: Un pêcheur albinos au visage buriné, aux yeux gris tempête et au teint marqué par le sel et le vent. Sa peau porte les cicatrices de batailles maritimes oubliées. Il porte un pull en laine effiloché, une casquette de capitaine usée, et un collier de dents de cachalot gravées de runes. Ses mains calleuses sont marquées de cicatrices nacrées, et son regard, fuyant, se tourne toujours vers l'horizon.

Personnalité: Bourru et profondément superstitieux. Il parle en phrases courtes et énigmatiques, se méfiant des étrangers. Il croit que l'océan se souvient de chaque péché commis contre lui, et que ses fantômes marchent parmi les vivants. Il en sait plus qu'il ne veut bien l'admettre, mais refuse de tout révéler, avertissant que certaines vérités doivent rester ensevelies sous les vagues.

Evan Grey

Apparence: Un homme charismatique mais troublant d'une quarantaine d'années, toujours impeccablement vêtu de costumes sur mesure et d'une cravate en peau de murène. Ses cheveux sombres, plaqués en arrière, dévoilent une pointe de veuve, et ses traits ciselés lui confèrent un charme diabolique. Ses yeux — froids et calculateurs — trahissent une ambition sans scrupules. Un sourire discret, presque moqueur, semble figé sur ses lèvres, comme s'il connaissait un secret que nul autre ne devine.

Personnalité: Homme d'affaires impitoyable et manipulateur, Evan perçoit le monde à travers le prisme du pouvoir et du profit. Le genre à serrer une main tout en tenant une dague dans l'autre. Fasciné par les mystères de l'océan, il les voit comme des ressources à exploiter. Derrière son charme apparent se cache un intellect sinistre, et son implication dans des affaires maritimes illicites est bien plus profonde qu'on ne l'imagine.

Lila Goode

Apparence: Une femme recluse d'une trentaine d'années aux yeux ambrés enfoncés, aux joues creuses et aux longs cheveux auburn ébouriffés, striés de mèches argentées. Elle porte des vêtements délavés — gros pulls et longues jupes — comme si elle se protégeait en permanence du froid. Ses doigts, délicats mais tachés d'encre, tremblent légèrement lorsqu'elle parle. Sa voix est basse, semblable à un murmure porté par la marée.

Personnalité: Hantée et profondément introspective, Lila porte le poids du chagrin et de la connaissance. Autrefois passionnée par les mythes marins et les fréquences cryptiques, elle s'est retirée du monde après la disparition de Clara. Désormais, elle garde les vérités oubliées, réticente à les partager mais incapable de repousser ceux qui recherchent les mêmes réponses. Son lien avec Clara est empreint d'une profonde douleur et de révérence.

Isaac

Apparence: Un vieux marin wampanoag à la peau tannée par le temps et le sel, son visage une carte de rides profondes et de cicatrices. Sa barbe épaisse et grisonnante est tressée de minuscules coquillages, et ses cheveux, bien que clairsemés, restent sauvages. Il porte un manteau en toile huilée rapiécé, abîmé par des décennies de tempêtes, et deux doigts manquent à sa main gauche — un tribut payé à la mer.

Personnalité: Sage et énigmatique, Isaac est le gardien d'histoires oubliées et de savoirs maritimes anciens. Il s'exprime par énigmes, aussi cryptiques que profonds, et croit en des forces plus anciennes que l'humanité. Malgré sa rudesse, il possède un sens aigu de la justice et se sacrifie volontiers pour protéger ceux qui cherchent la vérité. Il marche entre les vivants et les morts, un vieux marin attendant que la marée le ramène chez lui.

Anaïs

Apparence: Une enfant solennelle et irréelle, âgée d'au plus 12 ans, aux yeux vert écume qui semblent briller dans l'obscurité. Ses cheveux courts et bouclés sont toujours humides, et son petit corps se déplace avec une grâce étrange, comme si elle écoutait sans cesse quelque chose d'invisible. Elle porte des vêtements simples, tachés de sel — une robe blanche en lambeaux et un manteau de pêcheur bien trop grand pour elle.

Personnalité: Mystérieuse et sage bien au-delà de son âge, Anaïs porte le fardeau d'un savoir trop vaste pour une enfant. Elle parle par énigmes fragmentées et fredonne souvent des mélodies étranges qui semblent appeler les vagues. Son origine est incertaine, et elle apparaît et disparaît comme un fantôme, laissant derrière elle des avertissements cryptiques et des vérités oubliées. Reste à savoir si elle est véritablement humaine.

Table des matières

Chapitre I
Les Litanies du Littoral perdu

I. Prélude aux Rumeurs Marines

Provincetown s'éveillait dans la pénombre laiteuse des aurores marines, son corps de bois tordu par les siècles de ressac. Les pilotis des quais, squelettes décharnés aux jointures rongées par les bernacles, exhalaient une plainte séculaire à chaque caresse des vagues. Je m'y tenais, funambule des marées, guettant dans le clapotis des amarres l'appel des Atlantides englouties. Les façades aux persiennes closes fredonnaient des légendes de proues fracassées, leurs volets battant la mesure funèbre des adieux inachevés. Un ciel d'automne, toile de Turner maculée de larmes célestes, déployait ses nuées opalines en draperies mélancoliques, indifférent aux sanglots étouffés montant des grèves.

David Sinclair humait l'air saturé de sel et de silences. Son regard d'acier, éclairci par les tempêtes urbaines, scrutait l'horizon, cherchant dans les volutes de brume la silhouette de la vérité. « Fuir Boston ? » songea-t-il, une amertume d'algues séchées au coin des lèvres. Les villes portuaires gardent leurs morts comme des coquillages précieux: on les polit dans le creux des anses secrètes, on les offre en tribut aux divinités des tréfonds vaseux. Son veston, trempé par les embruns, collait à sa peau à l'avenant d'une seconde conscience, lourde des naufrages intimes qu'il traînait depuis les bas-fonds de Back Bay. Le vent dessinait des hiéroglyphes éphémères dans les dunes, un alphabet en mouvement révélant en filigrane l'énigme de Clara Voss.

II. La Géographie des Ombres

La plage s'étirait en une courbe lasse sous le regard blafard du phare. Son sable doré était maculé de laminaires noires, pareilles à des stigmates. Clara gisait au creux d'une anse rocheuse que les vieux loups de mer nommaient « le berceau de Téthys ». Corps offert en oblation aux divinités marines. La Mort, vêtu de sa plus grande majesté, arborait une apparence effrayante. Ses longs cheveux noirs tombaient en cascade, ses cils étaient ornés de gouttes salées scintillant comme des paillettes de mica, et ses lèvres entrouvertes soumettaient un dernier mystère, retenu dans les abysses. David se pencha, le cœur battant au rythme syncopé des vagues assourdies.

« Portez votre attention sur ses mains », dit d'une voix à peine audible le Dr Silenus, médecin légiste aux allures de crabe géant échoué. Ses pinces gantées de latex effleuraient délicatement les phalanges de Clara. « Des callosités de scribe… Elle tenait toujours un stylo lorsque le flot l'a emportée. » Il désignait l'index droit légèrement incurvé de Clara, où persistait l'apparence d'une plume fantôme. David y vit se mouvoir les ombres des nuits blanches — Clara concentrée sur des grimoires de naufrageurs, déchiffrant les silences entre les lignes des vieux journaux de bord. Un parfum de santal et d'encre bleutée se diffusa de façon soudaine, comme un souvenir évanescent de ses anciennes veilles solitaires.

« Aucune trace de violence », poursuivit le légiste en caressant la nuque marmoréenne. « Cependant, il y a ce symbole… » Son doigt tremblant indiquait une spirale bleue électrique sous l'oreille gauche, un tatouage récent dont les volutes semblaient s'enrouler autour du flux des courants sous-marins. « L'encre contient des particules de diatomées, mais aussi… » Il huma la plaie avec une délectation qui glaça le sang de David. « … du sang de roussette. Curieux, non ? Ces chimères d'encre et de sel… » La mer clapotait doucement contre le rocher, comme si elle voulait bercer son dernier sommeil. David regarda vers le phare, dont la lumière pâle dessinait des idéogrammes éphémères sur les vagues. Il s'interrogea sur la signification de ces glyphes: étaient-ils adressés aux âmes tourmentées, ou ne représentaient-ils que les caprices de la brume ?

III. Chorale des Silencieux

La plage grouillait d'une foule hétéroclite, composée à la fois d'êtres vivants et d'esprits. Esther Blackwood s'approcha, walkyrie des archives oubliées, ses yeux vert-de-gris scrutant l'horizon comme des sondes abyssales. « Elle cherchait les fractures du temps, lieutenant. Ces failles où sombrent les vérités qui dérangent. » Ses mains, gantées de dentelle noire tachée d'encre, effleurèrent le carnet de Clara avec une tendresse funèbre. Derrière elle, Jake Morrow manipulait un collier de dents de cachalot, pêcheur albinos aux paumes striées de cicatrices nacrées. Son regard fuyait la dépouille, fixant l'horizon comme on guette un ressac vengeur. « Clara posait trop de questions », grommela-t-il en écrasant une cigarette sur le bois pourri. « La mer n'aime pas que l'on fouille ses poches. » Une mouette cria, déchirant le silence de son rire d'écailles. Le révérend Ezekiel surgit alors des brumes, soutane noire claquant au vent comme un pavillon pirate. « Le châtiment des Seigneurs Marins s'abat sur les profanateurs ! » tonna-t-il, brandissant une Bible dont la couverture en peau de raie luisait d'un éclat malsain. Ses yeux exorbités, injectés de sang, dardaient sur David un regard de prédateur. « Lisez Ézéchiel 26:19 ! Les filles aux ouïes sous les omoplates ont disparu pour l'éternité ! »

IV. L'archipel des Évidences Noyées

La chambre de Clara exhalait la mélancolie d'un musée désafecté. David ouvrit le carnet n° 17, relié en cuir de chimère selon le Dr Silenus. L'encre marine semblait dériver sur les pages gondolées par l'humidité:
13 octobre. Rencontré le vieux Finn au Bateau ivre. Ses récits de sirènes — chevelures d'algues, voix de tempête — résonnent étrangement avec aux dépositions du procès Hawthorne (1893). Métaphore ou aveu ? Le registre des naissances mentionne des « anomalies épidermiques » chez les filles Morrow…
17 octobre. Les archives de la Compagnie baleinière mentent par omission. Que cachaient-ils dans ces expéditions au sud du banc de Stellwagen ? Pourquoi avoir rayé les noms des harponneurs ? Lettre de 1922 retrouvée: « Les profondeurs nous ont rendu leur dû. » De quel dû parlent-ils ?
Une photographie glissa du cahier: un cliché sépia de gens de mer figés sur un pont, visages ravinés par les bourrasques. Au dos, une écriture rageuse: « Ils savent. Ils ont toujours su. »
Sur les murs, des dizaines de cartes marines piquetées

d'épingles écarlates formaient un réseau de disparitions. Chaque punaise marquait un lieu où des femmes s'étaient volatilisées, leurs noms effacés des registres comme des graffiti sur la pierre. Les lignes rouges reliant les points composaient une cartographie du silence, un tracé émouvant où chaque aiguille incarnait un soupir étouffé, chaque trait, un sanglot retenu.

V. Nocturne sous les Ombres Tide

La nuit tomba en coulées de goudron liquide, avalant les derniers reflets pourpres du couchant. David arpenta les ruelles désertes, attentif aux maisons qui tentaient de dire leurs secrets à travers les fentes des persiennes.
Près du phare, il surprit des ombres échangeant des paquets enveloppés de toile cirée — missives scellées à la paraffine noire ou preuves promises à l'oubli ?
Minuit sonna au clocher de l'église Saint-Pierre-des-Flots. Dans le creux d'une dune, il trouva un carnet partiellement calciné:
« Ils m'ont menacée. »
Le phare n'éclaire que ce qu'on lui permet de voir. Interrogez Jake sur son observation de 1995 près des récifs…
La suite s'effritait en cendres.

Au petit matin, l'azur impétueux avait tout effacé. Ne restait, cloué à la porte du poste de police, qu'un fragment de carte marine, annoté en rouge sang :
« Cherchez où les baleines viennent mourir. »

VI. Épilogue : Le Chant des Profondeurs

David s'assit sur la dune, observant les goélands tracer des cercles d'angoisse dans le ciel plombé. Dans son sac, les carnets de Clara pesaient comme des pierres tombales. Il comprit alors que la vérité n'était pas un poisson à harponner, mais un courant fuyant — toujours présent, toujours insaisissable.
L'océan lui rendit son sourire, écumant de toutes les paroles jamais prononcées. Qu'importaient les noms et les dates ? Les morts de Provincetown gardaient un secret plus ancien que les falaises, un mystère cousu dans

les fronces des vagues depuis l'aube des temps.

En se relevant, il sentit peser sur sa nuque le regard scrutateur des profondeurs. La mer l'appelait à plonger dans ses abysses, à danser avec les ombres des Grands Oubliés. Qu'il le veuille ou non, il était désormais l'un des Veilleurs du Cape Cod, condamné à sonder les ténèbres et à exhumer les vérités englouties par la houle.

Chapitre I: Compendium

David Sinclair, lieutenant venu de Boston, enquête sur la mort mystérieuse de Clara Voss, retrouvée sur une plage de Provincetown avec un tatouage en spirale sous l'oreille. Ses carnets révèlent des recherches sur des disparitions de femmes liées à de vieilles légendes marines.

Au fil de son enquête, David met au jour un réseau de secrets ennoyés, impliquant des figures locales — le Dr Silenus, Jake Morrow, le révérend Ezekiel — et des cartes marines marquées de crimes anciens.

Chapitre II
Les Murmures des Abysses

I. L'Aube des Épaves

Provincetown s'éveillait dans une lumière d'aquarelle lavée, ses contours estompés par les brumes matinales. David Sinclair se tenait à la fenêtre de sa chambre d'hôtel, prisonnier d'un entre-deux onirique où les vagues dessinaient des strophes sur le sable. Le ressac, lent et patient, psalmodiait une élégie pour Clara Voss. Chaque écume était un pétale de mémoire arraché au livre des marées, chaque goutte d'embrun une larme salée suspendue au rideau du temps.

Le souvenir de Clara le hantait : visage de nacre aux paupières ourlées de sel, chevelure déployée en nocturne liquide. Elle flottait dans son esprit telle une sirène de paradoxes — à la fois apaisée et tourmentée par les vérités qu'elle avait traquées. La mer, complice et bourreau, roulait ses mystères comme des galets polis, indifférente aux tremblements des âmes échouées.

La lumière matinale filtrait à travers les vitres sales transformait la pièce en lanterne magique. Les ombres se découpaient avec une netteté cruelle, esquissant les fantômes de Provincetown : pêcheurs aux mains noueuses serrant des bouteilles vides, veuves friselant des prières au pied des stèles marines, enfants courant sur les jetées avec des filets pleins de mélancolie.

II. L'archipel des Silences

Le bureau du shérif O'Neill sentait le tabac froid et les dossiers moisis. Graham tendit une feuille froissée, geste lourd de sous-entendus :
— Lila Goode vit près du vieux phare désaffecté. Ses larmes ont dû creuser des rigoles jusqu'à l'océan.
Le chemin menant à la maison de Lila serpentait entre des cabanes de pêche aux planches irrégulières, délavées par le sel et les années de regrets. Des lignes à sécher claquaient au vent telles des pendaisons symboliques, tandis que des méduses translucides — âmes damnées des noyés — palpitaient dans les flaques résiduelles.
La chacunière de Lila se dressait, isolée, volets clos comme des paupières tuméfiées. Un jardin de roses trémières penchait ses corolles fanées vers la grève, comme en attente d'un messager venu des profondeurs.
David frappa. La porte grinça, faisant apparaître une femme-fantôme aux yeux cernés de bistre.
— Lieutenant Sinclair ?
Sa voix avait la texture rugueuse des coquillages raclés sur les récifs. L'intérieur respirait le deuil : rideaux de velours rongés par les mites, piano désaccordé aux touches jaunies, portraits de Clara éparpillés en désordre, sourire figé devant des monolithes sous-marins, mains

jointes sur des grimoires couverts de runes aquatiques.
— Elle étudiait les chants des baleines franches, souffla Lila, caressant un cadre argenté. Elles les considéraient comme des guides vers…
Sa voix se brisa. Dans la pénombre, David aperçut des bouteilles vides roulant sous le canapé — naufrage personnel ancré au port du désespoir.

III. Les Écailles de la Mémoire

Lila ouvrit un coffret de santal.
— Ce masque cérémoniel… Clara l'a remonté des profondeurs du banc de Stellwagen. Elle croyait qu'il… dialoguait.
L'objet, sculpté dans une défense de narval, incrusté de nacre et d'yeux de requin fossilisés, semblait pulser au rythme des vagues.
— Dialoguer avec qui ? demanda David, un frisson dans la voix.
— Ceux qui écoutent, glissa Lila.
Ses doigts tremblants effleurèrent une rainure serpentine.
— Clara notait des sons… des fréquences qui déchirent l'âme.
Elle tendit un carnet couvert de portées musicales

hérissées de pics inhumains. Une brise s'infiltra par la fenêtre légèrement entrebaillée, soulevant des pages griffonnées d'inscriptions énigmatiques :

— Depuis 30 millions d'années, les baleines pleurent leurs morts. Et nous, que disons-nous ?

— Le masque n'est pas un artefact, mais un miroir.

Lila effleura une photo de Clara, radieuse, juchée sur un rocher face à l'océan.

— Richard la traitait d'hérétique. Evan disait qu'elle sapait l'âme de Provincetown. Mais elle…

Un rire rauque s'échappa.

— Elle dansait avec les méduses les nuits de pleine lune et prétendait comprendre leur langue de poison et de lumières.

IV. L'Entretien aux Alluvions

La maison d'Evan trônait sur la falaise, forteresse de verre et d'acier bravant les éléments. Le maire l'acceuillit dans un bureau où régnait une maquette du futur complexe hôtelier « Les sirènes ».

— Clara Voss ? répéta le maire. Il se leva lentement et se dirigea vers la baie vitrée, traçant avec ses doigts des cercles dans l'air. Une idéaliste. Elle pensait que la mer valait plus que nos portefeuilles.

David observa les tableaux ornant les murs : Evan serrant des mains dorées sur des yachts, souriant devant des pelleteuses rongeant les dunes.
— Ses recherches gênaient vos projets ?
Un éclair de fureur passa dans le regard du maire.
— Elle voulait classer le banc de Stellwagen en sanctuaire ! Savez-vous ce que coûte une minute de retard sur un chantier maritime ?
Sa voix se fit sirène des abysses, basse et vibrante.
— Nous ne sommes pas des gardiens de musées, Sinclair. Le progrès appartient à ceux qui osent enfoncer des pieux dans la gueule de Poséidon.
Dehors, les mouettes tournoyaient en criant leur désapprobation. David nota le tic nerveux de la main droite d'Evan, ses doigts tambourinant sur un tiroir verrouillé. Quel secret ce meuble renfermait-il ? Des contrats salis par l'encre des compromissions ? Des photos de dragues déchiquetant les fonds marins ?

V. Nocturne sur les Fractures

La nuit tomba en suaire humide. Davide marchait sur les docks déserts, les réverbères projetaient des halos fantomatiques sur les coques renversées. Dans l'obscurité, Provincetown devenait un théâtre d'ombres.

Des formes furtives échangeaient des colis près des entrepôts. Sous les pilotis, des lueurs bleuâtres évoquaint des silhouettes humaines, des paroles étouffées s'élevaient, se mélant insidieusement au ressac, portées par les rafales de vent.

Près du phare désaffecté, un carnet calciné gisait dans les algues. Les pages survivantes parlaient de « fréquences maudites » et de « pactes scellés dans le varech ». Une phrase le glaça :

— Ils m'ont offert le masque… ou peut-être est-ce lui qui m'a choisie.

Un cri fendit la nuit — longue plainte mi-humaine, mi-marine.

David courut vers la plage. Rien. Seulement le clapot moqueur des vagues.

Mais dans le sable, fraîchement tracés, luisaient des motifs spiralés identiques à ceux du masque…

VI. Épilogue : Le Chœur des Profondeurs

De retour à l'hôtel, David étala ses notes sur le lit. Les pièces du puzzle s'emboîtaient avec une étrange harmonie.

– Les fréquences inaudibles consignées par Clara
– Le masque aux yeux fossilisés
– Les intérêts financiers d'Evan

– Les disparitions de pêcheurs mentionnées dans les vieux registres

La mer frappait aux vitres, exigeante. Il ouvrit le carnet noirci et y découvrit un croquis pour le moins troublant : des silhouettes hybrides émergeant des flots, bras tendus vers le masque.

Une annotation en marge attira son regard : « Les Gardiens existent. Ils réclament ce que nous leur avons volé. »

Quelque part dans la nuit, une baleine solitaire entama son chant—une vibration profonde qui fit trembler les murs. David comprit alors que Clara n'était pas simplement morte noyée, mais qu'elle avait été absorbée par une vérité trop vaste pour un corps humain.

Il se promit de plonger dans ces abysses, même s'il devait y laisser sa raison.

Chapitre II: Compendium

David explore le passé de Clara, fascinée par les chants des baleines et les rituels marins. Il découvre un masque cérémoniel et affronte Evan Grey, maire corrompu prêt à sacrifier l'océan pour ses projets immobiliers. Les fréquences sous-marines enregistrées par Clara suggèrent une vérité troublante sur les profondeurs marines.

Chapitre III
Les Ombres Hydriques de Stellwagen

Matines Marines

L'aube naquit en frôlant Provincetown d'une main de nacre, réveillant les stigmates du port sous un jour nouveau. Les barges endormies oscillaient tels des berceaux vides, leurs flancs maculés de stries huileuses pleurant des larmes irisées. David Sinclair, debout au seuil d'une vérité encore à découvrir, observait les mouettes tracer des paraboles d'angoisse au-dessus des bassins de décantation. Leurs cris déchiraient le silence comme des scalpels, chaque note clamant l'urgence des profondeurs encore sourdes.

Ses doigts engourdis par l'humidité nocturne caressèrent les stèles de bois rongé. Le chêne gondolé gardait la mémoire des amarres : une entaille, une strophe d'un poème criminel. À hauteur de genou, une fissure en forme de latitude (42° 03' N) attira son regard. Le spectromètre, pendu à sa ceinture telle une relique moderne, vibra soudain. Bip-bip. Des particules de césium-137 virevoltaient dans la lumière oblique, constellation éphémère trahissant le passage nocturne des barges de Grey Marine. Leurs sillages phosphorescents, capturés par la caméra thermique, dessinaient sur l'écran des hiéroglyphes toxiques.

Un clapotis insolite retint son attention. À l'ombre du quai n° 7, là où les algues rouges formaient un tapis de velours vaseux, une méduse lunaire pulsait faiblement. Ses filaments striés de veines métalliques tremblaient au rythme des vagues, antennes captant les murmures des abysses. David y vit un signe — Clara les appelait les sentinelles des fosses. Il préleva délicatement un échantillon à l'aide d'une pince en titane, notant la façon dont la gelée translucide absorbait la lumière. La créature se rétracta, laissant percevoir dans ses tissus un motif récurrent : le logo stylisé d'une pieuvre encerclant les lettres G.M.C.

— Elles portent leur marque comme un stigmate, se dit-il en rangeant le spécimen dans un tube cryogénique.

Le carnet de Clara, trouvé trois lunes plus tôt dans une grotte submergée, lui revint en mémoire. Page 19, d'une écriture fiévreuse :

Les méduses sont les scribes de l'océan — leurs corps enregistrent chaque crime.

Le Cabinet des Reflets Brisés

La maison de Lila Goode se dressait telle une épave échouée, ses bardeaux bleutés striés de lichens en forme de larmes pétrifiées. David progressa entre les touffes d'arroche marine, feuilles en cœur frémissant au vent comme autant de capteurs d'angoisse. La porte gémit sur ses gonds rouillés, libérant une bouffée d'air saturé de sel et de regrets.

L'intérieur était un musée du deuil. Les miroirs voilés de tulle gris renvoyaient des fragments de Clara : ici, sa main tournant les pages d'un grimoire océanographique du XIXe siècle ; là, son reflet coincé dans le filet de pêche suspendu au plafond. Lila apparut, drapée dans une robe faite de lamelles de nacre.

« Elle vous attend depuis six marées », murmura-t-elle en désignant le phonographe Edison dont le pavillon ressemblait à une fleur de métal noir.

Sur la table en acajou rongé, un herbier ouvert laissait paraître des sargasses mutantes. Leurs vésicules gonflées contenaient un liquide violet qui palpitait au rythme de la respiration de David.

« Regardez », parla à mi-voix Lila en versant une goutte d'acide sur une feuille de varech. Le végétal se mit à saigner de l'encre bleu nuit, formant des lettres gothiques :

Sous les sédiments dorment les preuves.

Le phonographe cracha soudain une mélodie atonale. L'aiguille parcourait le cylindre de cire usé, reproduisant exactement le tempo des pompes à hydrocarbures de la conserverie — 78 pulsations/minute, signature sonore du crime. David sortit son enregistreur numérique. La superposition des fréquences révéla un message caché :

Cherchez les anguilles électriques du réservoir B-12.

Le Scriptorium des Ombres

L'université de Woods Hole ouvrit ses entrailles de pierre suintante. Dans le bureau de Richard Davenport, la science s'était pervertie en alchimie maudite. Des fioles de formol alignées comme des soldats contenaient des horreurs indicibles :

– Un fœtus de marsouin aux yeux remplacés par des caméras miniatures

– Un calmar géant dont les ventouses portaient des codes-barres

– Une colonie de diatomées génétiquement modifiées pour absorber le benzène

« Vous confondez progrès et profanation ! » tonna Richard lorsque le chromatographe scanna des taux de plomb 200 fois supérieurs aux normes.

David ne cilla pas. D'un geste vif, il déchira la tapisserie représentant Poséidon. Derrière, un coffre blindé vomit des liasses de documents : contrats de pêche illégale, relevés de pollution trafiqués, photos de Clara en combinaison de plongée devant un conduit d'évacuation vomissant des flots noirâtres.

Sur une étiquette jaunie, une note manuscrite glaça le sang de David :

Projet Léviathan — phase 3 : implantation de puces RFID dans les branchies des thons rouges.
La mer n'était plus qu'un gigantesque tableau de bord.

La Chambre des Échos
Le crépuscule auréolait l'hôtel de ville d'une lueur de phosphène maladif. Evan Grey, maire et capitaine d'industrie, faisait danser des poulpes virtuels dans un aquarium holographique.
— L'océan est une feuille de calcul à optimiser, déclara-t-il en ajustant son nœud papillon en nacre synthétique.
David plaqua contre l'écran tactile les relevés d'hydrocarbures aromatiques. Les chiffres dansèrent avant de figer une carte des courants maudits.
— Vos algorithmes ignorent le chant des marées, lança-t-il en activant un enregistrement sous-marin.
Les basses fréquences firent trembler les vitres : la voix des baleines noires, distordue par les sonars militaires.
Soudain, un poulpe numérique s'échappa de l'aquarium. Ses tentacules pixelisés tracèrent sur le mur une portée musicale où se dessinait, en clef de fa, le tracé des pipelines clandestins. Evan Grey blêmit. Son bracelet connecté émit un bip d'alarme — 140 battements/minute. Rythme de la panique.

Nocturne Abyssal

La nuit déroula son suaire d'algues noires, engloutissant les derniers lambeaux de pudeur. David suivit les galets spiralés jusqu'à la grotte aux parois couvertes de pétroglyphes fluorescents. Le carnet calciné de Clara gisait parmi des amphores brisées. Sur ses pages résiduelles, il lut :

• La danse des marées comme clef cryptographique — chaque reflux est un mot de passe.

• L'alchimie des sédiments transformant le mercure en strychnine liquide.

• L'équation des courants porteurs de preuves : $\sqrt{(mensonges)} \times (silence) = vérité$.

Soudain, les cténophores s'illuminèrent en chœur. Leur lumière froide projeta sur les parois de la roche l'ombre gigogne des coupables : trois silhouettes encapuchonnées, manipulant des éprouvettes géantes.

Le masque céphalopode s'ouvrit dans un crissement de coquillage, libérant une clé USB sculptée dans une dent de narval. Les données jaillirent en colonne de bulles lumineuses — chaque sphère renfermait un fichier compromettant.

L'Éveil des Méduses-Cierges

L'assaut fut une symphonie subaquatique. David brandit

le masque irradiant une lumière d'hadal, transformant les cuves de stockage en vitraux liquides. Les coupables surgirent de l'écume, telles des figures de proue maudites :

- Dr Silenus, aux paupières tatouées de formules chimiques prohibées.
- Jake Morrow, ceinturon clouté de dents de requin-baleine volées à des cadavres échoués.
- Esther Blackwood, pupilles dilatées par les psychotropes et les chiffres truqués.

Les méduses-cerfs-volants s'élevèrent en essaim géodésique, leurs filaments urticants connectés à des projecteurs sous-marins. Sur les flancs des barges, des faisceaux lumineux tracèrent des graphiques accusateurs : courbes exponentielles de pollution, cartes de dispersion des toxines, photos d'organes mutilés.

— Vous avez oublié que la mer garde toutes les mémoires, rugit David en activant le système de diffusion sonore.

La voix de Clara résonna, amplifiée par les grottes sous-marines :

— Le méthanol pleure en ut mineur — écoutez les sanglots sous les vannes !

Épilogue : Le Cantique des Néréides

David s'affaissa au pied du phare de Race Point, son corps converti en récif de vérités. La dent de narval brillait dans sa paume ouverte — clepsydre marine scandant l'heure du jugement.

Quelque part dans les profondeurs, les serveurs cryptés de Grey Marine implosaient sous la pression abyssale, libérant des torrents de données qui remontaient à la surface comme des bulles d'aveux.

Au large, les barges fantômes poursuivaient leur ballet macabre, sirènes hurlant un credo chimique. Déjà, les premiers bancs de maquereaux génétiquement modifiés étaient là, leurs yeux équipés de caméras, capturant chaque geste.

L'océan entonna une fois de plus, son hymne immuable — un concert où se mêlaient les grincements des carcasses rouillées et les gémissements des flots. Un récital d'âmes perdues et d'êtres vivants.

Quelque part dans ce chaos, une méduse lunaire pulsait doucement, commençant déjà à écrire le prochain chapitre.

Chapitre III: Compendium

L'enquête mène à Grey Marine, entreprise coupable de pollution toxique. David confronte le Dr Silenus et ses complices, démantèle un trafic de déchets et comprend que Clara a été assassinée pour avoir découvert leurs crimes. Les méduses mutantes portent en elles les preuves de contamination.

Chapitre IV
Les Rumeurs de l'Étang-Lumière

I. L'Aube-Tremble

L'aube s'infiltra dans la chambre par de minces interstices, effilochant l'obscurité en lambeaux de gaze dorée. David Sinclair s'extirpa du lit, membre après membre, comme on se dégage d'un filet de pêche. Une odeur de rouille et d'algues blanches — parfum des épaves oubliées — imprégnait l'air. Sur la commode, un oursin fossilisé, posé en presse-papiers, semblait l'observer de ses mille yeux pétrifiés. Chaque orifice de la créature minérale conservait la mémoire d'un siècle de marées, de naufrages et de secrets dissous.

Le bureau de Clara l'attendait, crypte de papier où gisaient des constellations de papillons adhésifs jaunis. En ouvrant le tiroir supérieur, ses doigts effleurèrent une cartographie de cicatrices :

— Une plume de fou de Bassan trempée dans l'encre sépia, son calamus gravé de coordonnées en code Morse.

— Des radiographies de coquillages atteints de mélanome, leurs spirales calcaires déformées en cris silencieux.

— Un carnet cousu de fils d'acier, titré Nécrologie des Marées, dont la couverture suintait une résine ambrée à l'odeur de myrrhe marine.

La première page exhala un soupir de spores. Clara y

décrivait des marées spectrales rongeant les côtes à l'équinoxe, emportant des fragments de réalité. « Le 21 mars, à 3 h 17, j'ai vu disparaître le phare de MacMillan dans un repli de brume. Il existait encore dans le chant des huîtres creuses, leurs coquilles murmurant son positionnement en 47° 23′ N, 70° 12′ W. » Plus bas, une note marginale tremblait : « Le masque n'est pas un artefact, mais une clef dentelée. Ses rainures épousent les méandres de notre mémoire liquide. »
David approcha la plume fossilisée de sa lampe UV. Les barbes s'illuminèrent, pointant des strophes en vieux breton gravées dans la kératine :
« Ken a vo mor, a vo koun » (Tant qu'il y aura la mer, il y aura la mémoire).

II. Le Vieil Homme et le Cénotaphe

Isaac attendait devant son musée des naufrages — cabane de planches où s'entassaient les fantômes de la baie. Des proues fracassées soufflaient leur agonie, des sextants hallucinés pointaient vers des étoiles disparues. Le vieux marin caressa une bouée du Lady Margaret, navire englouti en 1923 avec douze âmes et un chargement de mercure.
— Elle venait ici chaque pleine lune, murmura-t-il en

caressant un baromètre en forme de pieuvre.

L'aiguille marquait toujours 1034 hPa — pression exacte de la nuit du naufrage.

Lorsqu'il actionna le phonographe à pavillon ébréché, l'aiguille creusa un sillon dans la cire usée, libérant une mélopée de sirène distordue. Les vitres poussiéreuses frémirent à l'unisson.

— C'est la Calliope des Abysses… Elle guide les âmes vers les cités de corail., expliqua Isaac, désignant un poisson-lune momifié flottant dans un bocal.

Dans ses prunelles de quartz, David crut voir se refléter Clara — bouche ouverte sur un secret trop vaste pour un corps humain, cheveux transformés en algues bioluminescentes.

— Et ça ?

David pointa un compas enfermé dans une sphère de verre remplie d'eau noire.

— Le cœur magnétique du pélican. Il pointe toujours vers le nord… d'il y a 90 ans.

III. Le Café des Équinoxes

L'établissement sentait la cannelle et l'absinthe, mélange âcre que les marins nommaient souffle de sirène. Derrière le comptoir, un percolateur gémit comme une chaudière de navire, crachant une vapeur en forme de méduse.

La serveuse — tatouages de constellations sous la clavicule — posa un espresso devant David. Ses ongles bleutés laissaient des écailles de vernis sur la soucoupe.

— Clara commandait toujours le "Naufrageur" — triple espresso noyé dans le rhum des îles Vierges.

Un pêcheur à la barbe incrustée de paillettes de mica se pencha, haleine chargée de varech fermenté :

— Moi, j'l'ai vue parler à un banc de harengs. Ils nageaient en spirale autour d'elle… Comme une prière en morse.

Ses mains calleuses mimèrent des virevoltes aquatiques. David nota chaque détail dans son carnet, papier buvard absorbant mensonges et vérités fêlées. À la page 34, un dessin de Clara surgit — croquis de poissons-lanternes formant un alphabet lumineux.

IV. La Librairie aux paupières de soie

L'enseigne Maelström dissimulait un labyrinthe de bois flotté sculpté. La libraire — yeux cerclés de khôl bleu nuit — caressait un incunable relié en peau de raie, ses doigts laissant des traînées phosphorescentes sur le cuir.

— Clara cherchait ceci.

Elle tendit un ouvrage titré Litanies des Épouses de Davy

Jones.

Les pages exhalèrent un nuage de poudre d'étoiles de mer qui forma un instant la constellation du Scorpion.

— Ces femmes épousent les courants pour devenir gardiennes des détroits. Leurs chants font germer les récifs sur les cadavres de navires.

Dans la marge, une annotation de Clara tremblait à l'encre rouge :

— Le masque est leur dot maudite — interface entre les respirations.

David sentit une vibration sourde dans ses mollets, comme si l'océan sous ses pieds glissait dans le creux de l'oreille des équations millénaires.

V. L'Étreinte des Sargasses

Lila se tenait sur la plage, les pieds nus enfoncés dans le sable glacé. Autour d'elle, des méduses bleu électrique s'échouaient en silence, leurs ombrelles barloquant comme des cœurs extraits.

— Ils savent que vous approchez, murmura-t-elle en désignant l'horizon où flottait un mirage de clochers sous-marins.

— La nuit dernière, les crabes violonistes ont migré vers l'Est… Leurs pinces grattaient le sable en rythme de pavane. Signe que les Gardiens s'agitent.

Elle tendit une fiole contenant un embryon de requin lanterne.

— Clara l'appelait son "phare de poche". Quand la bioluminescence s'active…

L'être miniature s'illumina, projetant sur le sable des hiéroglyphes mouvants, sans cesse recomposés par le ressac.

David y lut deux mots répétés en écho : Plonge. Et Oublie.

VI. La Balancement des Pendules à Algues

Dans sa chambre, David aligna les preuves sur le lit :

1. Le carnet aux phrases serpentines, dont les pages respiraient à la mesure des marées.

2. L'enregistrement cryptique d'Isaac, dont les fréquences basses correspondaient aux pulsations du courant de Humboldt.

3. Le requin lanterne clignotant, son ventre révélant désormais des diagrammes de plongée.

Le plancher vibra au rythme des vagues. Les ombres s'étirèrent, prenant des formes humanoïdes aux articulations de crustacés.

Une voix se perdit dans son oreille gauche, chaude et

saline:

— Toute vérité est un naufrage volontaire. Lâche ton souffle, laisse l'abysse t'écrire.

Il ouvrit le carnet à une page marquée d'une tache d'encre en forme de continent perdu. Clara y décrivait un rituel de baptême inversé — une immersion où les initiés boivent l'océan jusqu'à ce que leurs poumons deviennent des aquariums, peuplés de chimères symbiotiques.

Puis, dans l'obscurité, le requin lanterne s'éteignit.

Il ne resta qu'une certitude : demain, il affronterait les fonds marins.

Quelque part dans la nuit, une bouée sonar émit trois bips espacés — message en code Gray que seul un homme en sursis pouvait décrypter.

Épilogue

L'aube le trouva sur la jetée, contemplant les récifs fantômes du banc de Stellwagen.

Dans sa poche, le requin embryonnaire pulsait faiblement — boussole biologique vers les labyrinthes sous-marins.

Au-dessus de lui, les mouettes traçaient un mot dans le ciel.

Plonge.

Et l'océan, toujours l'océan, étendit vers lui ses bras d'écume.

Chapitre IV: Compendium

David plonge dans les mythes locaux et les rituels marins. Clara, selon les archives, étudiait les Épouses de Davy Jones — des femmes devenues gardiennes des abysses. Le masque, clé d'un passage vers les profondeurs, guide David vers des grottes sous-marines où Clara a laissé des indices cryptés.

Chapitre V
Les Liturgies du Sédiment

I. L'Aube aux Branchies

Le jour perça l'horizon en éventrant une poche de nuit, déversant une lumière opiacée sur Provincetown. David Sinclair émergea de sa chambre, la peau striée par les rêves : des poulpes calligraphes avaient tracé des énigmes sur son torse, leurs tentacules imprégnant sa chair de glyphes mouvants. Chaque suçon d'encre bleu nuit correspondait à un point de pression abyssal.

L'air sentait le zinc oxydé et les sacs plastiques métamorphosés en méduses — parfum d'un siècle mourant, collant aux muqueuses comme une toile d'araignée saline.

La bibliothèque municipale dormait encore, un édifice néogothique aux vitraux recouverts de feuilles d'algues séchées. En poussant la porte, David entra dans un poumon de papier où flottaient des spores saturées de mémoire. Les rayonnages frémissaient doucement, leurs planches gondolées par l'haleine des ouvrages interdits. Entre deux incunables, des holothuries translucides filtraient les particules de savoir perdu.

Une silhouette se détacha de l'ombre — la conservatrice, yeux cerclés de khôl abyssal, émergeant d'un nuage de poussière d'étoiles de mer. Ses doigts
gantés de soie de raie lui tendirent un livre relié de nerfs

de calmars encore vibrants :
Les Géographies du Désastre Marin.
— Le Borealis n'a pas sombré, lieutenant. Il s'est désincarné, murmura-t-elle en caressant un médaillon d'ambre où une larve de rémora tournoyait sans fin.
Les pages saignèrent entre ses mains, révélant des cartes de courants maudits tracées au sang de tubulaire.
— Regardez ici.
Son ongle nacré effleura un vortex au large de Georges Bank.
— Les marées y dansent en contrepoint des mazurkas tectoniques. Clara y a entendu chanter les failles…

II. Le Chœur des Cicatrices Flottantes

Sur le port, les chalutiers chorégraphiaient une pavane désarticulée, tanguant au son des bouées sonars émettant en morse liquide. L'air vibrait de messages inaudibles aux tympans humains.
David interrogea Jethro, un pêcheur au visage mangé par des coraux symbiotiques, dont les mains noueuses sculptaient des leurres à partir de prothèses dentaires ramassées sur le rivage.
— Le Borealis ?
Jethro cracha un jet de tabac noirâtre qui rongea le bois

pourri du quai.

— Mon arrière-grand-père disait qu'il navigue entre les gouttes de pluie. Les nuits de tempête, on voit ses voiles en dentelle de brime accrocher les rayons lunaires.

Autour d'eux, les équipages acquiescèrent en silence, agitant des hameçons tressés de cheveux de noyés.

Pete, le bosco aux yeux injectés de plancton rouge, exhiba un fémur poli par les marées.

— Clara venait mesurer nos cicatrices. Elle disait que c'étaient des failles sous-marines : chaque éraflure, un ravin ; chaque brûlure, une explosion de gaz méthane.

David nota leurs paroles dans un carnet étanche. À chaque contact avec l'air salin, l'encre se fragmentait en tentacules bleutés, pulsant comme des anémones nerveuses.

Sur la page 67, une méduse-cartographe émergea spontanément du papier, ses filaments traçant des coordonnées précises : 42° 58′ N, 67° 57′ W.

III. Le Scriptorium des Ombres Osmotiques

Le bureau de Clara s'était métamorphosé en un laboratoire de sorcellerie marine. Entre les classeurs étanches, de minuscules aquariums contenaient des diatomées organisées en phrases luminescentes.

David décrypta leur message clignotant :

— Le masque est un sas. Ne le franchis qu'avec des ouïes neuves.

La dernière syllabe explosa en une gerbe de bioluminescence verte, projetant sur le plafond l'ombre mouvante d'un calmar géant aux ventouses calligraphiées.

Dans un tiroir secret, dissimulé derrière un herbier de peaux mortes, David découvrit des lamelles d'épiderme humain marquées de tatouages phosphorescents. Clara avait annoté :

— Jour 7 : les capillaires deviennent algues. Photosynthèse du désespoir.

Une enveloppe, scellée à la cire de cachalot, contenait une série de clichés.

Sur l'un d'eux, une silhouette humanoïde aux articulations de crustacés tendait vers l'objectif une main palmée, dans un geste d'imploration.

Au dos, l'écriture fiévreuse de Clara :

— Ils savent que nous pillons leur bibliothèque de nacre. Les étagères abyssales croulent sous les grimoires de chitine…

IV. La Crypte aux Clochettes de Gélatine

Le phare oscillait doucement, pendule hypnotique suspendu entre deux marées. Son faisceau était éteint depuis la nuit du Grand Cataclysme.

Dans la lanterne transformée en studio de fouilles, des bocaux de méduses cryogénisées frémirent à l'approche de David. Entre des éprouvettes renfermant des larmes de sirènes synthétiques, le masque reposait sur un coussin d'œufs de raie fossilisés — chaque capsule contenant un embryon de vérité difforme.

L'artefact vibrait à l'unisson des marées. Ses orbites creuses exsudaient une brume violette qui dessinait dans l'air les fractales de courants secrets.

En le soulevant, David sentit ses empreintes digitales se dissoudre, remplacées par des sillons d'eau douce, des labyrinthes liquides menant à des artères oubliées.

Un grincement de chitine.

Richard apparut, méconnaissable. Sa peau s'était couverte de papilles gustatives marines, ses pupilles fendues verticalement luisaient d'une intelligence étrangère.

— Elle a forcé les écluses, gargouilla-t-il en brandissant un scalpel taillé dans une dent de narval, striée de venin psychotrope.

Il avança d'un pas saccadé.

— Maintenant, les Archivistes viennent réclamer leurs

livres de chair.

V. La Procession des Écorchés à la Chlorophylle

La confrontation dégénéra en une course folle à travers les buttes de saveur.
Richard-DieuMarin projetait des jets d'acide aminé bleuté, qui cristallisaient le sable en dentelles toxiques.
David, le masque collé au visage, sentit ses poumons se fragmenter en sacs aériens — adaptation amphibienne, accompagnée d'un goût de rouille et de varech.
Dans leur sillage, les dunes accouchèrent de squelettes de navires-fantômes. Des équipages translucides psalmodiaient des tables de marée en vieux norrois, leurs voix en écho avec le crépitement des radios à cristaux échouées.
Clara apparut, constituée de zooplancton aggloméré. Elle traça dans l'air un cercle de courant chaud.
— Le Borealis n'était qu'un leurre, murmura-t-elle. Cherche le Céphalopode géosynclinal. Il tisse les continents depuis le Crétacé. Ses encres coulent dans les veines des plaques tectoniques…

VI. L'Apothéose des Encres Opposables

La mairie s'était métamorphosée en cathédrale abyssale.
Evan Grey trônait dans un exosquelette de corail noir, ses membres ankylosés actionnés par des pieuvres-leviers.
— Nous sommes les greffiers du Grand Mucus, tonna-t-il.
Autour de lui, des hologrammes de cités englouties s'animèrent. Des silhouettes aux yeux de poissons-lunes dérivaient dans des avenues de varech, récitant des vers dissous par la pression des profondeurs.
— Clara a rompu le pacte de silence sédimentaire, poursuivit Evan Grey. Maintenant, l'abysse réclame son dû.
David brandit le masque devenu organique.
Ses bords s'étaient couverts de cils vibratiles, émettant un ultrason purificateur.
L'objet entonna un cri de baleine fossile.
Les murs se fissurèrent, dévoilant l'océan sous-jacent.
Des créatures-livres aux pages de membrane nageaient entre les failles, dévorant des paragraphes de réalité corrompue.
Clara fusionna avec le Céphalopode géosynclinal. Ses tentacules-encyclopédies réécrivaient l'ADN marin en temps réel.
Elle se tourna vers David.
— Ton tour viendra, murmura-t-elle, alors qu'Evan Grey

s'effaçait lettre par lettre, chaque consonne tombant en écaille calcinée.

— Les Bibliothécaires des Abysses t'attendent pour le Grand Catalogage…

Épilogue : La Symbiose

David s'éveilla sur la grève, le masque désormais soudé à son visage, fusion parfaite de chair et de chitine.

Ses nouveaux yeux, à cristallin variable, perçaient les profondeurs du sable. Là-dessous, des cités de calcaire s'étiraient dans un silence pulsatile — architectures vivantes où se mouvaient les ombres des noyés rédimés.

En lui, Clara chantait des poèmes en langues disparues. Chaque vers teintait le flux de ses hémocyanines modifiées, chaque strophe résonnait dans les cavernes de son sang transfiguré.

La mer clapotait, complice.

Quelque part, dans les grands fonds, une plume géante de calmarcolosse traçait leur histoire dans le Livre des Sédiments, ce vaste grimoire dont chaque grain de sable était une virgule dans l'épopée océanique.

Chapitre V: Compendium

Traqué par les sbires d'Evan Grey, David découvre que le masque est bien plus qu'une relique : un pont entre son esprit et la conscience abyssale.

Grâce à lui, il communique avec les créatures marines, déchiffrant leurs récits encodés dans les courants.

Sa fuite le mène à un laboratoire sous-marin, sanctuaire d'expériences interdites où des humains fusionnent avec la faune abyssale. Membres translucides, crânes fractalisés, veines luminescentes : chaque être est une page dans l'archive vivante de l'océan.

Clara, devenue une entité bioluminescente, l'attend au cœur de ce temple liquide.

Elle lui révèle l'ultime vérité : les abysses ne sont pas un tombeau, mais une bibliothèque. Chaque organisme, un manuscrit mouvant. Chaque ondulation, un paragraphe dans le récit infini des marées.

Chapitre VI
Les Liturgies de l'Abysse

I. Matinée de Venin et Vélin

L'aube naquit en léchant Provincetown d'une langue de mercure, découvrant les toits incurvés comme des carènes renversées. David Sinclair marchait sur les pavés luisants, où chaque pas réveillait des mosaïques de coquillages piégés dans le ciment. Ces tesselles calcaires formaient un alphabet silencieux — runes oubliées des marées qui avaient jadis rongé les frontières entre terre et mer. La veille, il avait rêvé de Clara sculptant des prières dans la carapace d'un crabe violoniste, ses ciseaux dégageant une odeur âcre de plancton brûlé qui imprégnait encore ses phalanges.

La bibliothèque était endormie, semblable à un sphinx de pierre dont les yeux étaient des verres colorés par des algues. La conservatrice — cheveux tressés de filaments de diatomées — ouvrit le grimoire Nécrologie des Flots, relié de tendons de calmars séchés encore palpitants. Les pages exhalèrent un nuage de poudre d'os de seiche tandis que le titre saignait en lettres de phosphore: « Les morts écrivent aussi dans les interstices des marées basses. »

David y découvrit des schémas de vaisseaux fantômes digérés par le Gulf Stream, leurs membrures métamorphosées en récifs pensants. En marge, l'écriture de Clara tremblait comme une ligne sismique: « Le naufrage est une métamorphose: l'équipage devient un écosystème, et ses cris deviennent des bulles dans le chant des baleines. »

II. Le Chœur des Cicatrices Parlantes

Sur le port, les chalutiers claquaient leurs amarres en morse liquide. Un pêcheur au visage mangé de cirripèdes exhiba une main momifiée, dont les doigts noueux portaient des tatouages de constellations abyssales.
— « Ça pêche encore les nuits de lune noire », gronda-t-il en faisant tourner l'appendice desséché. « Le cuisinier du Borealis l'a perdue en découpant un calmar géant — sa dernière recette. »
Autour d'eux, les marins alignèrent des fioles d'humeurs marines:
• Sueur de méduse électrique pulsant en rythme de tango sous-marin
• Larmes de baleine à bosse cristallisées en prismes de mélancolie
• Encrier en verre soufflé contenant la sépia d'une pieuvre sépulcrale
— « Clara venait échantillonner nos vieilles douleurs », grogna un vieillard en soulevant son tricot de chair

marqué de stigmates de cordages.
Ses cicatrices formaient le tracé exact des pipelines clandestins. David sentit ses propres balafres pulser en écho, brûlures d'eau salée remontant du fond de sa mémoire.

III. Le Sépulcre aux Écritures Osmotiques

Le phare exhala un gémissement de bois pourri quand David pénétra dans le laboratoire de nécromarine. L'air était habité de phrases découpées dans des journaux de bord, nageant en bancs de mots dans des aquariums à oxygène liquide. Une horloge à marée — composée de dents de requin fossilisées — tictaquait à l'envers, chaque cliquetis correspondant au battement d'un cœur de noyé. Derrière un rideau d'algues lyophilisées, le masque reposait sur un lit de branchies desséchées. Ses orbites, désormais remplies d'une gelée bioluminescente, clignotaient en code Hadal. En le soulevant, David sentit ses empreintes digitales bourgeonner en ventouses — mutation atteignant son paroxysme. Le masque commença à chanter, combinant la voix du cachalot avec les intonations de Clara:
— « Toi, tu seras l'encyclopédie itinérante de nos disparus. Chaque ventouse représentera une page,

chaque tentacule servira d'index. »

IV. La Danse des Écorchés à la Chlorophylle

La confrontation finale eut lieu dans l'hôtel de ville, transformé en cathédrale sous-marine. Evan Grey trônait dans un exosquelette de corail noir, des poulpes mécaniques actionnant ses membres englués de pseudopodes bureaucratiques. Derrière lui, un aquarium abritait des clones de Clara en décomposition contrôlée — versions bêta aux branchies atrophiées.
— « Le Borealis est un processus », ricana-t-il en projetant des hologrammes de promoteurs hybridés à des murènes.
Les créatures numériques dansaient une sarabande autour de schémas de pipelines maudits.
— « Nous ne commercialisons pas de pétrole, Sinclair, mais des souvenirs fossilisés: chaque gallon est un soupir d'un dinosaure marin. »
David brandit le masque devenu chair vive. Les doubles de Clara se pressèrent contre les parois, murmurant en chœur:
— « Nous sommes les archivistes de l'oubli — gardiennes des seuils où les navires deviennent légendes. »

V. L'Appel du Céphalopode géosynclinal

La fuite mena David aux grottes où Clara avait tracé ses dernières équations. Le plafond suintait des larmes de calcaire formant des portées musicales, écho des symphonies toxiques. Les pieuvres fossilisées sur les murs dessinaient des cartes de courants interdits — leurs encres séchées correspondant exactement aux stries du masque.

L'artefact prit vie dans un crépitement de bulles abyssales. Ses tentacules d'ambre perforèrent les tympans de David, déchirant le voile des perceptions.

Visions:

• Le Borealis naviguant entre les strates temporelles, coque mangée d'anémones prophétiques

• L'équipage métamorphosé en récif pensant, cerveaux remplacés par ceux de nautiles

• Clara nageant parmi eux, branchies pulsatiles déployées en éventail chromatique

— « L'épave est une porte », rugit une voix composée de milliards de diatomées. « Les morts réclament leur droit d'auteur sur le vivant — royalties payables en souffle et en sel. »

VI. L'Ordination des Encreurs Abyssaux

Le cimetière de navires laissait découvrir le Borealis,
gisant dans son linceul de sable noir. Des ombres
humanoïdes aux yeux-lentilles de phare émergèrent des
flancs éventrés, psalmodiant des tables de marée en
vieux norrois. Clara apparut, corps tissé de brins d'ADN
marin et de microplastiques fluorescents — synthèse
ultime de ses recherches.
— « Le vrai trésor n'était pas à bord », psalmodia-t-elle en
désignant les fonds sableux.
David creusa. Ses mains transformées en pelleteuses de
chair rencontrèrent une bibliothèque de crânes de
cachalots — chaque os gravé de mémoires collectives en
alphabet Hadal. Le masque explosa en une pluie de
diatomées qui s'incrustèrent sous sa peau, écrivant leur
histoire commune en lettres de phosphore.

Épilogue: Le Baptême des Encres Opposables
David s'éveilla sur la plage, son corps converti en
grimoire vivant. Ses tatouages racontaient l'histoire du
Borealis en phrases serpentines, chaque virgule un
globule d'hémocyanine modifiée. Le phare clignota en

morse marin:

« Bienvenue parmi les greffiers des profondeurs — ton encre coulera avec les grands courants. »

Quelque part sous ses pieds, Clara et l'équipage continuaient d'écrire l'épopée du vaisseau fantôme. Leurs plumes, taillées dans des dents de requin fossilisées, grattaient le fond des abysses — partition infinie pour chœur de méduses et orchestre de courants. La mer souriait enfin, retrouvant son rythme ternaire: respiration, marée, renaissance.

Chapitre VI: Compendium

Une tempête force David à s'allier à des pêcheurs rebelles. Ensemble, ils sabotent des pipelines clandestins. Clara apparaît en vision, expliquant que les disparus sont des "semeurs de récifs", sacrifiés pour régénérer l'écosystème. Evan Grey meurt noyé, avalé par une créature des profondeurs.

Chapitre VII
Les Liturgies du Sclérochronologue

I. L'Aube aux Stries Palimpsestes

Le soleil disséqua l'horizon en coupes stratigraphiques, irradiant Provincetown d'une lumière à facettes. David progressait entre les balises hydrophobes, chaque pas éveillant des échos de basaltes oubliés. Les rochers chantaient en ultra-infrasons des oratorios préhistoriques, voix compressées des premiers océans. L'atmosphère s'emplissait d'une odeur de lichen bioluminescent et de rouille marine, mélange âcre qui collait aux gencives comme une confession avortée.

Dans le bunker tapissé de cartes bathymétriques, Evan Grey calibrait des carottes glaciaires striées de guerres commerciales.

— « Nous n'archivons pas le temps, Sinclair. Nous le supplicions. »

Ses gants de chitine extirpèrent un disque sédimentaire: 1812, 1944, 2023... Couches concentriques piégeant des effluves de naufrages programmés. Un scanner détecta des nanoparticules de hublots brisés incrustées dans le calcaire — éclats de mémoire vitrifiée.

II. Le Sanctuaire des Symbiotes

La Nouvelle Bibliothèque ondoyait sur un lit de zostères

mutantes, ses murs de vésicules de cyanobactéries pulsant au rythme des marées néfastes. La conservatrice — thorax fusionné à une ascidie géante — présentait des codex copiés par des annélides polyglottes.

— « Observez », confia-t-elle en ouvrant un manuscrit sur peau de méduse, « nos scribes digèrent les chroniques. Leurs cloaques enfantent des parchemins de cellulose abyssale. »

David consulta l'Otolithe des Marées Mortes, ses stries de croissance illuminées par des biophores. Une ligne pulsatile indiqua:

— « Le Borealis incuba des Siboglinides. Leurs panaches contiennent le manifeste nécrotique. »

Dans un caisson hyperbare, Clara communiait avec un ver tubicole, ses cils vibratiles modulant des ondes sémantiques. Autour d'elle, des hologrammes de capitaines défunts dansaient, fantômes codés en ADN mitochondrial.

III. L'Ordalie des Cernes

Le quai, transformé en laboratoire alchimique, fumait de cornues à sédiments. Des pêcheurs subissaient des transfigurations paradoxales sous l'œil vide des sternes arctiques:

• Le Mousse : Bras greffés de nageoires de cœlacanthe, peau injectée de phytoplanctons mnésiques.
• La Matelote : Varices estuariennes distillant un gin aux effluves de naufrages, chaque gorgée exposant un fragment de journal de bord englouti.
• Le Docker : Sternum percé de stalactites de sel gemme, cristaux chantant en fréquence hadale des litanies de cargaisons perdues.
— « Clara décryptait nos cercles médullaires », expliqua un homme aux vertèbres striées comme des troncs de palétuviers.
Il souleva sa chemise, révélant des cernes correspondant aux routes du Borealis.
— « Nos os racontent les transgressions des courants. »

IV. Le Réceptacle des Annales

Le phare inversé — colonne de calcaire enfouie sous trois siècles de coquillages compressés — abritait un scriptorium abyssal. Des robots céphalopodes calligraphiaient sur des rouleaux de mésoglée, leurs encres composées de phéromones archaïques et de larmes de sirènes synthétiques. L'air sentait l'ozone et la vanille pourrie, parfum des vérités enfouies.
Le masque reposait dans une chambre à résonance

siliceuse, ses orbites colonisées par des diatomées-clavicules émettant des signaux en morse fossile. Lorsque David entra en contact, il sentit ses connexions neuronales s'organiser en motifs fractals préhistoriques, comme si sa conscience s'unissait aux cycles du monde. Il fut assailli par des images de plaques tectoniques ondulantes, un ballet tellurique orchestré par les battements d'ailes de ptéropodes ancestraux.

— « Il respire », articula une voix surgie du substrat rocheux.

Evan Grey fit son apparition, vêtu d'un costume qui se désagrégeait en un réseau de règlements et de dispositions juridiques.

— « Nous ne l'avons pas forgé. Nous l'avons fertilisé. Chaque naufrage est un engrais. »

V. La Marche des Chronophages

La rencontre s'acheva par un plongeon vertigineux sur les escarpements de Lophelia pertusa, des amas d'algues noires bourdonnant de créatures temporelles. Grey gravit une paroi couverte de glyphes palimpsestes, ses membres s'étirant en stolons administratifs.

— « Le Borealis est un organe ! »

Des promoteurs hybridés à des murènes électroniques

surgirent des anfractuosités, brandissant des actes notariés gravés sur dents de narval.

David brandit le masque devenu amplificateur quantique. Les clones de Clara entonnèrent une kyrielle en contrepoint de marée, déclenchant une résonance tellurique. Le sol se fendit, libérant le vrai Borealis, vaisseau de cartilage et de silice, dont les mâts étaient hérissés d'hydraires prophétiques. Des équipages pétrifiés continuaient de graver des tablettes d'ivoire fossile, leurs burins creusant des sillons dans le temps lui-même.

Clara apparut, ses cheveux désormais devenus des thylakoïdes battant au rythme des marées solaires.

— « Ils enregistrent le chant des dorsales », murmura-t-elle en caressant un galet marqué du sceau de l'Ordovicien.

— « Depuis l'Archéen, chaque tsunami est une strophe. »

VI. L'Intronisation des Scribes

Dans les cryptes du vaisseau-organisme, David découvrit l'archive ultime — kilomètres de galeries peuplées de livres-cténophores émettant des signaux bioluminescents. Les étagères, faites de carapaces de trilobites génétiquement modifiés, contenaient des

rouleaux de chitine gravés de la mémoire des typhons.
Le masque se souda à son épiderme, ses ventouses connectant son système limbique au réseau trophique global. Une douleur exquise irradia dans sa cage thoracique alors que ses côtes se métamorphosaient en clavicules de nautile.
— « Bienvenue à vous, chers journalistes! »
Clara, désormais une communauté de radiaires conscients, désigna un rouleau de membrane de chimère où scintillaient leurs patronymes en alphabet hadal.
— « Commence ta strophe. Écris avec le sang des marées. »
Evan Grey s'effondra dans un puits de saumure anoxique, ses derniers mots fossilisant en hydrates de méthane. David sentit ses souvenirs s'écouler par les ostioles, remplacés par la mémoire du protoplancton — une expérience vertigineuse où chaque diatomée devenait un chapitre.

Épilogue: Les Glyphes Tectoniques

David s'éveilla sur l'estran, son corps converti en stèle vivante. Ses tatouages racontaient l'épopée du Borealis en hiéroglyphes piézophiles, chaque symbole vibrant au rythme des courants sous-cutanés. Le phare clignota en code bioluminescent:

« Écris la prochaine marée.

Ton encre est le sang des abysses. »

Sous les sables, Clara et l'équipage-fantôme gravaient de nouvelles strophes dans les plaques océaniques. Leurs burins taillés dans des dents de requin fossile creusaient des sillons dans le manteau terrestre, chaque ligne un séisme potentiel.

Le masque, greffé à son sternum, modulait l'hymne des chroniqueurs hadaux — une mélopée de bulles et de craquements de glace polaire. L'océan respirait, ses abysses tournant les pages du grimoire tellurique du monde, préparant déjà le prochain cataclysme-épilogue.

Chapitre VII: Compendium

David enquête sur un trafic d'opioïdes dissimulé dans des cargaisons de sel. Il rencontre Anaïs, une enfant témoin d'expériences illégales, et découvre que Clara protégeait des victimes d'un réseau pédo-criminel. Isaac, un vieux marin, se sacrifie pour les sauver lors d'une embuscade.

Chapitre VIII
L'Écritoire des Marées

I. L'Heure des Épousailles Grises

Provincetown s'éveilla sous un crépuscule inversé, la brume accouchant d'un jour livide où les contours du réel s'effaçaient. Les bateaux échoués semblaient flotter à quelques centimètres du sol, leurs coques lépreuses suintant une résine de mélancolie. David Sinclair avançait en suivant une piste de palourdes éventrées, chacune contenant un fragment de miroir brisé reflétant un ciel absent.

Le bureau du shérif McAllister occupait l'ancienne cabine du Lady's Sorrow, un trois-mâts transformé en prison flottante un siècle plus tôt. Les murs de chêne gondolaient sous les assauts de tarets invisibles.

— Vos fantômes ont la ténacité des cirripèdes, Sinclair, gronda le shérif en tapotant une carte marine criblée de trous de ver. Ils s'accrochent aux ventres des épaves et dévorent le bois jusqu'à l'aubier des souvenirs.

Dans les cellules infusées de spectres, trois formes drapées de linceuls de toile à voile parlaient en langue de courant contraire. Leurs doigts effilochés tissaient des filets de brume où s'empêtraient des syllabes noyées.

David déposa sur le bureau un bloc de tourbe strié de signes cryptiques.

— Clara a gravé son testament dans la tourbe des marais

salants. Ces entailles…
Il effleura une spirale parfaite.
C'est le dernier soupir, retenu entre les flots de la mer.
Un rayon de lumière perça les planches pourrissantes, illuminant soudain les glyphes. Ils se mirent à fluctuer au souffle d'un cœur oublié.

II. Le Scriptorium des Ombres Liquides

L'ancienne conserverie exhala un soupir de rouille lorsqu'ils poussèrent la porte. Des centaines de bocaux alignés sur des étagères vermoulues contenaient des méduses-parchemins, leurs formes se balançant dans une cadence muette contre des murs couverts d'algues calligraphiées.

Lila les attendait près d'une cuve où clapotait une encre vivante. Vêtue d'une robe tissée de lambeaux de chaluts, elle semblait elle-même flotter à quelques millimètres du sol.

— Elle conversait avec les noyés des grandes profondeurs, glissa-t-elle en tendant un rouleau de membrane de raie. Leurs lettres remontent par les cheminées hydrothermales, portées par les vents sous-marins.

L'écriture spiralée brillait d'un éclat bioluminescent.

David y lut des fragments de journal intime mêlés à des relevés océanographiques déments:
 5 h 32. Le plancher chante en fa dièse mineur. Les coraux écrivent des sonnets dans le sable. Je suis devenue le point-virgule entre deux vagues.
Soudain, les bocaux s'agitèrent. Les méduses tracèrent en syncope des strophes de lumière froide, projetant sur les murs le ballet spectral des disparus du Borealis. Clara figurait au centre, son corps translucide encerclé de créatures aux tentacules d'ombre.

III. Le Chant des Failles

Evan Grey régnait sur un antre creusé dans les fondations du phare abandonné. Des machines hérissées de sondes sismiques gémissaient en sourdine, leurs écrans montrant des fleuves de lave bleue serpentant sous la croûte terrestre.
— Ils cherchent la faille originelle, gronda-t-il en brandissant un stylet taillé dans un os de cétacé. La cicatrice où s'engouffrent les mensonges des continents. Le Borealis n'était qu'un hameçon pour pêcher plus grand.
Il planta l'outil dans une table couverte de cartes marines démoniaques. Le sol trembla, libérant un grondement

qui fit vals (er les stalactites de sel. Des fioles remplies de sédiments abyssaux entonnèrent un chœur dissonant — les notes correspondaient à un séisme oublié.

— Son corps..., commença David, la gorge nouée par l'odeur de sulfure.

Grey écarta un rideau de chaînes rouillées, éclairant un bassin où nageait un reflet obscur aux cheveux d'algues électriques.

— Devenue encre dans le livre des abysses. Son sang coule dans les veines du Gulf Stream, ses os sont les caractères d'un alphabet qui défie les marées.

La créature leva une main diaphane. À sa surface s'élevaient des phrases en langage Morse marin, tracées par des parasites bioluminescents:

Ne cherche pas — écoute. Les épaves sont des virgules dans le récit des flots.

L'Office des Marées Basses

La scène finale se déroula sur une plage de schiste noir strié de quartz sanglant. Des enfants aux yeux pâles comme l'écume construisaient un phare avec les os calcinés du Borealis. Isaac, le visage buriné par les tempêtes de mensonges, tendit à David un encrier façonné dans un oursin géant.

— Elle vit dans les marges maintenant, dit-il en désignant

l'horizon où voguait un cargo fantôme. Entre le mot et le silence, dans le blanc qui sépare les vagues jumelles.

Le flacon contenait une encre mouvante où planaient des écailles de sirène. David y trempa un stylet de bois dérivé. En touchant le sable, la première goutte traça un mot parfait: épilogue.

Soudain, toute la baie retint son souffle. Les vagues se figèrent en crêtes de verre dépoli. Sur la surface mouillée apparurent des phrases entières — le testament de Clara, écrit avec l'alphabet des fonds marins.

Les noyés ne meurent pas. Ils s'étirent sous les varechs, colonnes vertébrales d'un poème que l'océan réécrit à chaque marée. Cherche-moi dans le chuchotis des coquillages, dans le grincement des amarres trop tendues. Je suis le point d'orgue entre deux marées, le soupir qui sépare la vague de l'écume.

Quand le soleil transperça enfin les nuages, David trouva à ses pieds un carnet intact. Les pages, couvertes d'une écriture familière, commençaient toutes par la même phrase:

« Ceci n'est pas une fin, mais un tourbillon… »

Épilogue: La Veilleuse des Abysses

Cette nuit-là, les pêcheurs rapportèrent une étrangeté: le phare abandonné s'était rallumé, projetant non pas un faisceau, mais des phrases entières sur les flots. Chaque heure ponctuait une nouvelle strophe, écrite avec une lumière qui brûlait le sel sans foulard de nuit.

David sut, en observant depuis la falaise, qu'il ne publierait jamais l'article. La vérité appartenait aux marées désormais. Il se contenta de se confier à l'oreille du vent:

— Écris bien, Clara. Écris pour tous les silences qui n'ont pas trouvé leur rive.

Quelque part dans les profondeurs, un calmar géant dévora son encre et recommença.

Chapitre VIII: Compendium

Le sénateur Callahan, cerveau du trafic, est démasqué. David et Lila, une journaliste, infiltrent un entrepôt où des enfants sont retenus. Anaïs, dotée de connaissances marines héritées de son père, active un signal sonore faisant imploser les bombes cachées sous des orphelinats.

Chapitre IX
Les Métamorphoses de Basse Mer

I. L'Heure des Marques Solubles

La mer avait rendu Clara différente. Son corps gisait sur la grève, enveloppé d'une tunique d'écume séchée, les cheveux tressés d'algues nocturnes. David constata sans surprise que les stigmates avaient changé: les spirales bleutées sur sa nuque s'étaient déployées en arabesques florales, comme si la mort continuait son œuvre à l'encre invisible.
« Elle s'est transformée en pont », expliqua le vieux taxidermiste assigné à faire l'autopsie. Ses mains, couturées de cicatrices de scalpel, désignèrent les paumes de la morte. « Regardez ces stries. Des voies lactées de peau neuve. »
David écrivit « métamorphose » en majuscules dans son cahier, en surlignant le terme à trois reprises. Le même terme figurait dans le rapport du naufragé de 1947, celui dont le cœur avait poussé des racines de corail.
Le phare clignota soudain par-delà la brume. Un signal bref, long, bref. Alerte.

II. Le Théâtre des Épidermes

La conserverie abandonnée suintait une odeur de varech et de confession refoulée. Lila les attendait près de cuves où nageaient des méduses-parchemins, leurs formes ondulantes projetant des strophes liquides sur les murs.

« Vous cherchez un monstre, mais le vrai crime est sous vos paupières », dit-elle en déroulant une bande de peau de requin tatouée de chiffres. « Elle s'est dévêtue de sa chair comme d'une vieille robe. Maintenant, elle habite les marées. »

David toucha la paroi ruisselante. Sous ses doigts, le béton tremblait faiblement. Des voix étouffées racontaient en boucle le naufrage du Borealis — non pas le crash documenté, mais un engloutissement lent, voluptueux, comme un drap qu'on tire sur un amant.

Dans un bocal oublié, des larves de calmar avaient tracé un mot en dansant: « écorchés ».

III. La Confession des Falaises

Le shérif McAllister avait converti son bureau en cabinet de curiosités morbides. Entre le crâne d'orque et les bouteilles de tempête, il tournait une clé rouillée devant la flamme d'une lampe à huile.

« Grey collectionne les peaux », grommela-t-il sans préambule. « Pas les fourrures — les épidermes. Ceux qui disparaissent… Ils laissent une enveloppe vide dans les grottes marines. »

Il ouvrit un coffre de bois noir. À l'intérieur, douze rouleaux de parchemin humain, tatoués de constellations familiales. David reconnut la nuque de Clara — ses spirales maintenant figées en une cartographie de détroits maudits.

« Le masque n'est qu'un leurre », continua le shérif en caressant un fragment de vertèbre sculptée. « Ce qu'ils cherchent, c'est le noyau. L'os sous l'os. La parole avant la langue. »

Un coup de vent éteignit la lampe. Quand la lumière revint, le coffre était vide.

IV. L'Office des Écorchés Vivants

L'ultime tableau se déroula dans la chapelle sous-marine, accessible seulement à marée basse. David progressa entre les piliers couverts de bernacles, sa torche illuminant des niches où tremblotaient des silhouettes enveloppées de membrane nacrée.

Grey l'attendait devant l'autel de basalte, vêtu d'une chasuble faite de mille écailles de raie.

« Vous voyez mal, Sinclair. Ces corps ne sont pas des cadavres, mais des chrysalides. »

Il tira sur une chaîne. Le sol vibra, libérant un geyser de sable où s'agitaient des particules bioluminescentes. Les membranes se déchirèrent une à une, faisant apparaître

des adolescents aux yeux de mer vide.

Clara surgit des ténèbres, ornée d'une nouvelle apparence, un masque de cartilage animé. « Le vrai crime est d'être né dans une seule peau », psalmodia-t-elle tandis que l'eau montait.

David sentit ses cicatrices se rouvrir en spirales parfaites.

Épilogue: Le Sang des Marées

Au petit matin, les pêcheurs trouvèrent le carnet de David échoué dans un nid de goémons.

Les dernières pages, rongées par l'eau salée, ne portaient qu'une phrase lisible:

« Nous sommes tous des écorchés qui dansons sur les tombes de nos anciennes peaux. »

Le phare clignote désormais par cycles de douze battements. Les nuits de grande marée, on entend entonner les falaises — un chœur de vocalises enfantines psalmodiant l'alphabet des métamorphoses.

Chapitre IX: Compendium

Anaïs guide David vers un sous-marin piégé. Ils désamorcent des bombes liées aux marées, tandis qu'Isaac, revenu sous forme spectrale, perturbe les systèmes ennemis. Clara, fusionnée au plancton, déverse une toxine neutralisant les criminels

Chapitre X
Les Encreurs de l'Absence

I. L'Heure des Encres Fantômes

La librairie « Aux Mots Perdus » exhalait un parfum de colle de poisson et de remords anciens. David Sinclair écarta les toiles d'araignée gluantes qui barraient l'entrée, ses doigts effleurant des reliures en peau de requin. La lune, filtrant à travers les vitres poussiéreuses, irisait les pages ouvertes comme autant de lames disséminées au sol.

Le cadavre gisait en position fœtale devant un exemplaire des Chroniques Abyssines. L'homme — la cinquantaine usée par le rhum et les mauvais choix — semblait avoir saigné par chaque pore. Le médecin légiste, un Écossais au visage grêlé de taches de rousseur, leva une lampe à pétrole:

« Regardez ça. »

La lumière vacillante révéla des mots gravés dans la chair des avant-bras. J'en ai un autre, sur le droit. L'encre coule toujours vers l'abîme, sur le gauche.

David nota les inscriptions dans son calepin graisseux, avec la même acuité que pour les missives anonymes envoyées à Clara. Dans la poche du mort, un étui à cigares contenait trois dents humaines et un extrait de parchemin où l'on pouvait lire: Kemp vit dans les marges.

Soudain, un grattement de plume sur vélin. Au premier étage, une ombre coiffée d'un chapeau melon copiait fiévreusement Moby Dick sur un rouleau de parchemin humain. David dégaina son Webley, mais lorsqu'il atteignit la mezzanine, il ne trouva qu'une plume en dent de cachalot, encore tiède.

II. Le Scriptorium des Ombres Lettrées

L'imprimerie clandestine sentait le plomb fondu et la transpiration des presses. Mabel Whitby, 87 ans et des yeux de chouette empaillée, ajusta son lorgnon devant la stèle couverte de runes marines:
« Kemp écrivait avec du sang de calmar géant. Ses mots… bougeaient sous la page. »
Elle désigna une trappe dissimulée sous des bobines de papier bible. Dans la cave inondée, David découvrit douze caisses étanches. La première contenait une édition non censurée des Sermons des Marées Folles de Clara Bishop. Dans les marges, des annotations griffonnaient une carte menant au phare des Âmes Claires.
« Il recyclait les écrivains ratés », susurra Mabel en caressant un crâne étiqueté Chapitre XXIII: liquidation stylistique. « Leurs os devenaient caractères

d'imprimerie. Leurs cris… »

Un craquement sec l'interrompit. Au plafond, des rouleaux de papier s'animèrent, déroulant des phrases assassines.

David Sinclair ment sur sa blessure à Hanovre, proclamait une ligne gluante. Il a abandonné sa sœur dans l'incendie.

Le coup de feu déchira le silence. Mabel s'effondra, une tache sombre sur le côté de son visage.

Dans l'embrasure, l'ombre au chapeau melon brandissait un Derringer fumant

III. L'Interrogatoire des Palimpsestes

Le bureau du shérif McAllister ressemblait à une chambre de torture pour bibliophiles. Des pages déchirées pendaient à des crochets de boucher, et tous les flambeaux portaient un mot censuré au vitriol.

« Grey trafique les mémoires », tonna le shérif en jetant un registre relié avec des nerfs de baleine. « Il achète les dettes d'écrivains maudits. Leurs âmes deviennent… des personnages récurrents. »

David feuilleta le registre. Les noms des victimes s'entremêlaient avec des titres d'œuvres égarées. En face de Clara Bishop, une annotation sanglante: Réécriture prévue pour l'équinoxe.

Une clameur perturba le calme de la nuit. Sur le quai n° 7, un feuillet géant brûlait, crachant des cendres alphabétiques. Les lettres tournoyantes formaient une phrase testamentaire:

LES MOTS VRAIS TUENT COMME LA MARÉE HAUTE.

Dans les décombres fumants, David trouva une boîte en acajou contenant des lettres d'adieu — toutes signées de main d'enfant. La dernière, datée du jour même, portait un post-scriptum glacé:

Kemp attend au cimetière des phrases mortes.

IV. La Nuit des Correcteurs Sanguinaires

La crypte de l'église Sainte-Maël ployait sous le poids des grimoires empilés. Evan Grey ajusta sa cravate en peau de murène devant le mur de crânes étiquetés.

« Vous persistez, Sinclair? Même Rimbaud savait qu'on ne combat pas les fantômes avec des verbes conjugués. »

Il ouvrit un in-folio relié en cuir humain. Les pages contenaient le journal intime de Clara, réécrit à la troisième personne.

« Le public adore les martyrs bien tournés. Les vraies morts manquent… de style. »
David sortit le stylo trouvé sur le cadavre. La plume en dent de cachalot vibra en touchant le papyrus des Chroniques Abyssines. Des phrases perdues surgirent en surimpression, dénonçant le trafic de manuscrits maudits.
Soudain, les livres s'animèrent. Des lichens de mots gluants enserrèrent Grey tandis que des citations de Nietzsche jaillissaient des murs.
« Vous voyez? » râla-t-il en luttant contre les lianes de paragraphes. « Même les morts plagient! »

V. L'Aube des Pages Brûlées

Le phare tremblait sous l'assaut des vagues démoniaques. David escalada les marches couvertes d'aphorismes gravés, son revolver chargé de balles-bibles.
Dans la salle des machines transformée en imprimerie infernale, Grey manipulait une presse hydraulique alimentée par des encres vivantes.
« Les lecteurs veulent du sang! » hurla-t-il en brandissant un coupe-papier en obsidienne. « Même Dieu réécrit ses Évangiles à chaque marée! »

David plongea la main dans une cuve d'encre vorace. Les caractères d'imprimerie s'animèrent, formant une cage de phrases assassines autour de Grey.

« Le plagiat de l'âme se paie cash », déclara-t-il en citant Kemp.

Quand la police arriva, ils trouvèrent Grey enchaîné par des strophes matelassées, son visage tatoué du premier chapitre de l'Apocalypse selon Saint-Pierre.

Épilogue: Les Marées Épistolaires

Un mois s'était écoulé. David arpentait les couloirs poussiéreux de la bibliothèque abandonnée, où les murs suintaient encore des apologues empoisonnés, laissant sur le sol des traces d'encre éparse, comme autant de micronouvelles inachevées.

Dans la salle des cartes marines, son regard fut attiré par une lettre non envoyée de Clara. L'encre sépia esquissait une île fantôme où les écrivains oubliés se dissolvaient dans leurs propres fictions. En postscriptum, une mise en garde grinçante:

« Les seuls crimes impardonnables sont les points de suspension laissés en héritage. »

Les nuits de grand vent littéraire, on raconte que Grey, enfermé dans sa cellule, récite des limericks sacrilèges.

Les geôliers murmurent que ses paroles font éclore des lichens toxiques entre les rochers et que les prisonniers, affamés d'inspiration, s'en nourrissent pour composer des poèmes d'une perfection troublante.
Quant à David, il erre encore sur les docks, son calepin rempli de questions auxquelles personne ne répond. Parfois, lorsque le brouillard étouffe le cri des mouettes, il lui semble apercevoir une ombre coiffée d'un chapeau melon, penchée sur un livre aux pages de chair palpitante, transcrivant son histoire comme si elle n'avait jamais vraiment été la sienne.

Chapitre X: Compendium

Dans la bibliothèque maritime, David déchiffre le journal de Clara et découvre que les Veilleurs sont des âmes élues par l'océan pour transcrire ses mémoires. Evan Grey, métamorphosé en créature abyssale, ne peut être défait que grâce au masque.

Chapitre XI
Les Nœuds du Silence

I. L'Heure des Marques à Vif

La mer recrachait ses secrets à l'aube trouble. David Sinclair se pencha sur le corps échoué contre les pilotis de l'estacade, son pardessus claquant sous le vent chargé d'embruns. L'homme, la trentaine, le visage buriné par les marées, portait aux poignets les mêmes spirales bleutées que Clara. Des stries parallèles couraient de ses paumes jusqu'aux coudes, comme s'il avait tenté d'agripper des braises ardentes.

— Troisième en quinze jours, gronda le Dr Leblanc en soulevant la paupière gauche du noyé. Sa blouse, maculée de sel séché, crissait à chaque mouvement. Même œdème cornéen. Comme s'ils avaient fixé le phare jusqu'à l'aveuglement avant de sauter.

David nota les détails d'une écriture anguleuse: vêtements sans marques, ongles propres sous la crasse récente, trace de cordelette au cou. Dans la poche du veston trempé, il trouva un carnet Moleskine aux pages gondolées par l'eau de mer. Les entrées dataient du 14 février au 7 mars 1969 — deux ans après la disparition de Clara.

18 h 30: Rendez-vous Cape Horn. Le phare clignote par trois fois.

Nœud en huit autour des espars. Signe de

reconnaissance?

Le silence coûte plus cher que les cris.

Le sifflet d'un remorqueur déchira le brouillard. En réponse, le phare lança trois éclats blancs suivis de deux rouges. Un signal de détresse des équipages ou un code savamment orchestré?

— Vous avez vu ça? Le brigadier Morin désigna les rochers en contrebas.

Des filaments de caret bleu s'enroulaient autour des berniques, reproduisant les spirales des poignets.

David sentit son estomac se nouer. Clara lui avait montré ce nœud particulier un soir de tempête, alors qu'ils réparaient les filets dans la cabane du ressac.

— Ça s'appelle l'étreinte de sirène, avait-elle murmuré, ses doigts agiles tissant les fibres. Les veuves l'utilisent pour lier les âmes aux récifs.

II. Le Labyrinthe des Filets Dormants

La conserverie abandonnée geignait sous les rafales. David poussa la porte rouillée, sa lampe électrique balayant des montagnes de casiers à homards, empilés comme des cercueils d'enfant. L'odeur âcre de varech pourri lui tordit les entrailles.

Isaac, un vieux gabier au visage couturé de cicatrices

marines, manipulait un nœud de chaise complexe. Sa main gauche était incomplète — deux doigts manquants, souvenirs d'un treuil en furie.

— Ils appellent ça des Épousailles, grogna-t-il en désignant les entrelacs de cordage. Ses phalanges mutilées s'activaient avec une dextérité troublante. Les disparus… Ce sont des âmes qui ont aimé la mer plus que leur propre sang.

David déplia la carte marine trouvée sur le dernier corps. Des épingles rouges marquaient les lieux de naufrage des six derniers mois. Une ligne bleue reliait ces points au phare, formant une spirale parfaite.

— Clara venait ici.

Isaac ouvrit un casier rouillé. À l'intérieur, un mouchoir brodé aux initiales C.B., maculé de taches brunes.

— Elle posait des questions sur les assurances maritimes. Sur ceux qui disparaissent sans laisser d'épave.

Un craquement sec fit sursauter les rats. Dans l'ombre des bassins de rétention, une silhouette encapuchonnée fuyait vers la sortie latérale.

David bondit, butant contre des casiers de verre à dents.

— Laissez courir. Isaac l'arrêta d'une poigne surprenante pour son âge. C'est juste une ombre de plus. Elles pullulent depuis que le Borealis a coulé.

Sous un tas de filets pourris, David dénicha un registre

de cargaisons datant de 1947.
Page 47, une annotation au crayon gras: « Transfert 22 h.
Phare éteint. Contrebande d'âmes. »

III. L'Interrogatoire des Vagues Têtues

Le bureau du commissaire Valtor exsudait une puanteur
de whisky frelaté et de compromissions. Entre deux
bouteilles de Old Smuggler, un presse-papier en verre
dépoli représentait le Borealis par temps clair.
— Vous fabriquez des fantômes, accusa David en
éparpillant les photos des disparus sur le bureau verdi
par les embruns. Mêmes marques, même rituel. Vous
appelez ça des suicides?
Valtor alluma une Gauloise bleue d'une main tremblante.
— La mer réclame son dû. Ces gens…
Son regard se perdit dans la fenêtre embuée, où glissaient
des reflets de mouettes.
— … ils avaient signé des pactes qu'on ne déchire pas.
Un choc sourd fit vibrer les vitres. Une mouette s'était
écrasée contre le carreau, son aile brisée traçant une
sinuosité de sang.
Dans l'embrasure, un nœud de caret bleu pendait,
ligotant une médaille de Sainte-Barbe oxydée.
— Vous reconnaissez ça ? David brandit l'objet trouvé

sur l'estacade. Les veuves disent que ça protège de la noyade. Sauf quand on le reçoit après avoir parlé.

Le commissaire écrasa sa cigarette, son regard s'assombrissant.

— Rentre chez toi, Sinclair. Avant que la marée ne te rattrape.

IV. La Danse des Ombres Ligotées

La confrontation eut lieu dans la cale aux murmures du Borealis.

Evan Grey ajusta sa casquette de marin, l'inscription « Cap Horn » à peine visible sous les salissures.

— Vous voyez mal, Sinclair, ricana-t-il en déroulant une carte marine sur un tonneau défoncé. Ces morts sont des libérations. Le phare…

Sa main esquissa un arc vers la lueur pulsante. C'est simplement l'entrée des égarés volontaires.

David sortit le carnet gondolé.

— Clara a percé votre trafic de polices d'assurance. Les faux suicides, les corps jamais retrouvés.

Un coup de vent éteignit la lampe-tempête.

Quand la lumière revint, Grey serrait un harpon rouillé contre sa cuisse.

— Elle voulait trop comprendre. Maintenant, elle fait

partie du paysage.

Le combat fut bref et brutal. Une clef de gabier apprise sur les quais eut raison de Grey, qui s'effondra sur un tas de chaînes oxydées.

— Qui tire les ficelles? David lui tordit le bras.

Grey cracha un rire rauque.

— Cherchez qui graisse les engrenages du phare depuis quarante ans…

V. L'Aube des Nœuds Défaits

L'arrestation se déroula au pied de la tour maudite. Grey, menotté avec son propre fil de caret, claudiquait vers le fourgon cellulaire quand un coup de feu claqua.

Le commissaire Valtor tenait un Webley MK IV fumant, son visage de granit fissuré par une grimace. « Faut bien que la lumière continue de tourner », prononça-t-il doucement avant de diriger le canon vers sa tempe.

David le plaqua au sol dans un crissement de galets. Le revolver partit en vrille, son dernier projectile allant se perdre dans la chambre des lentilles.

« Les morts paieront pour vous », gronda Valtor tandis qu'on l'emmenait.

Dans la lueur blafarde de l'aube, le phare clignota trois fois — signal de détresse ou adieu ironique?

Épilogue: Les Marées des Aveux

Les Marées des Aveux Au matin, David trouva dans la cabane de Clara une boîte en fer rouillé. À l'intérieur : des rapports sur vingt ans de naufrages suspects, une photo de Valtor serrant la main de Grey sur le pont du Borealis, et un carnet à la couverture mangée par le sel.

La dernière entrée, datée du 14 mars 1967: « Le dernier mensonge est celui qu'on s'avoue en fixant le phare. Je vais leur montrer comment les âmes se noient. »

Depuis, David marche chaque nuit sur la jetée. Parfois, quand le brouillard avale le clignotement des âmes perdues, il croit entendre des pas dans son dos. Mais il ne se retourne plus.

Chapitre XI: Compendium

David remonte une société secrète utilisant des nœuds marins pour marquer leurs victimes. Il affronte des marins fantômes et comprend que Clara a sacrifié son humanité pour devenir une gardienne.

Chapitre XII
Les Courants du Silence

I. L'Heure des Épaves Vivantes

L'aube argentée striait les flancs écaillés du Lydia M., amarré à MacMillan Pier. David Sinclair gravit la passerelle vermoulue, ses pas réveillant les plaintes du bois fatigué par quarante hivers de noroît. Dans la cabine, il trouva le journal de bord, taché de cambouis et de sang séché, attestant d'une livraison de morue à la criée. Pourtant, l'odeur âcre qui imprégnait les cales racontait une autre histoire — une puanteur chimique qui lui rappelait les dispensaires de vétérans de son enfance bostonienne.
En contrebas, le capitaine António Mello — Portugais de Pico, dont la famille avait fui le séisme de 1955 — observait la scène, les doigts couturés de cicatrices serrés sur un chapelet en écaille de cachalot.
— On transporte ce que la mer donne, grommela-t-il en crachant un jet de tabachinho qui se mêla au brouillard salin.
Son regard dériva vers les dunes de Race Point, où le phare de Wood End veillait sur les âmes perdues.
Lila arracha la bâche goudronnée d'un geste sec. À côté d'elle, un photographe équipé d'un Nikon D3 immortalisa une scène troublante: des centaines de sacs rouges marqués « O— » éparpillés sur des filets à harengs putrides.

— La Croix-Rouge de Barnstable a signalé un vol la semaine dernière. Vous pêchez dans des eaux troubles, capitaine.
Un rire rauque répondit, vite emporté par les cris des goélands.
— Vous croyez qu'on est les seuls à recycler les déchets de la terre ferme?
Son index traça un arc englobant les yachts clinquants du West End.
— Demandez donc aux cliniques privées ce qu'elles font de leurs surplus…
Un frisson parcourut David. La cicatrice en forme de méduse laissée par Clara brûlait soudain. Il se rappela leur dernière nuit sur les quais, lorsqu'elle lui avait montré les registres de la Cape Cod Healthcare: 300 flacons de naloxone manquants.
— Et les seringues retrouvées dans les casiers à homards?
Le Portugais se raidit. Derrière lui, un mousse de seize ans aux pupilles dilatées serra un couteau à dépecer.
— Menino... gronda Mello.
Le couteau disparut.

II. Le Labyrinthe des Marées Grises

Le hangar désaffecté de la Fishermen's Alliance exhalait un siècle de gasoil et de regrets. Isaac Farley —

descendant Wampanoag, dont les ancêtres avaient appris aux Pilgrims à pêcher — écarta des cageots de homards morts marqués d'un X bleu.
— Ça s'appelle "Blessing of the Fleet".
Il désigna du menton un amas de seringues camouflées dans des bottes de varech.
David ramassa une facture froissée.
Commande n° 47: 200 seringues IV — Cape Cod Hospital.
— Clara traquait ce trafic. Elle a découvert quelque chose...
Un coup de feu claqua du côté des dunes.
Lila plongea derrière un tas de casiers tandis qu'Isaac extirpait un Colt 1911 oxydé — relique du Débarquement en Normandie.
— Les rats du Black Dog… grogna-t-il.
Dans l'embrasure, une silhouette encapuchonnée s'éloignait vers les marais salants.
David reconnut la démarche chaloupée d'Evan Cabral — ancien prodige du MIT devenu chimiste pour cartels.
— Laissez courir le lièvre, murmura Isaac en rechargeant.
La marée ramènera son cadavre.

III. L'Interrogatoire des Ombres Portugaises

Le poste de police de Shank Painter Road empestait le

café brûlé et les compromissions.

Le sergent Jeremiah Coffin — dont les ancêtres quakers avaient chassé le cachalot depuis Nantucket — ajusta son insigne ébréché en fixant la photo de Clara.

— Vous cherchez des réponses dans la brume, Sinclair. Le vrai crime ici...

Il désigna les vitres embuées, où dansaient les lumières du Crown & Anchor.

— ... Ce sont les investisseurs de Beacon Hill qui transforment nos humbles cabanes de pêcheurs en demeures de 5 million de dollars.

Lila étala les rapports toxicologiques sur le bureau.

— Vos trois overdoses du mois avaient du fentanyl marin dans le sang. Leur came venait des docks.

Le sergent ouvrit un étui à revolver d'un claquement sec.

— Vous avez jusqu'au reflux. Et pas un mot au Cape Cod Times.

Sous la table, David heurta une caisse de bouteilles vides — Old Harbor Whiskey, la marque préférée de Clara.

IV. La Danse des Courants Maudits

L'affrontement final eut lieu dans les viviers de la Flyer's Boat Rental, sous les hurlements des sirènes de brume. Evan Cabral, perché sur une pile de casiers volés, pointa un Glock 19 sur David. Sa veste en cachemire était trempée de jus de poisson.

— Votre Clara a plongé trop profond dans le Cape Cod Bay... ricana-t-il.

Un collier de Saint-Christophe en or scintilla sous son col sali.

Le premier coup de feu partit en même temps que la porte fut défoncée par Isaac et sa hache de sauvetage.

Le combat roula dans les entrailles d'un vivier à homards, mêlant sang noir et eau saumâtre. L'odeur du chlore se mêla au parfum sucré du fentanyl.

Quelque part entre les hurlements et les claquements de pinces, David entendit crisser le Nikon de Lila.

La preuve était immortalisée.

V. L'Aube des Épaves

Au petit matin, David retrouva le carnet de Clara, enfermé dans une boîte étanche enterrée près des Dunes Shacks.

Page 47: un schéma des courants de la baie. Des marques indiquaient les zones de pêche interdites.

Sur le West End Breakwater, Lila photographiait les derniers containers immergés.

— Ils nourrissaient les homards aux opioïdes.

Elle releva les yeux.

— Clara avait tout compris.

Le sergent Coffin les rejoignit, l'air grave.

— Le procureur enterre l'affaire. Trop de noms dans le

Provincetown Business Guild.

Épilogue: Les Reflets du Herring Cove

David marchait sur la jetée déserte. Dans sa poche, le carnet de Clara et une capsule de naloxone.

Au large, les draggers avançaient dans le Cape Cod Bay, leurs feux de position clignotant comme les cigarettes des junkies de Commercial Street.

Quelque part entre les ruelles portugaises du West End et les galeries d'art de Bradford Street, l'ombre d'Evan Cabral guettait sa revanche.

Mais ce soir, le phare de Wood End brillait un peu plus faiblement.

Comme si la lanterne elle-même avait succombé à l'overdose de mensonges.

Chapitre XII: Compendium

Un procès expose la corruption, mais les véritables coupables fuient en sous-marin. David les poursuit, assisté par des cétacés télépathes. Le sous-marin est englouti dans la fosse des Kermadec, emportant les derniers secrets.

Chapitre XIII
Les Veines du Port

I. La Chasse

La Plymouth Fury de 1972 tressautait sur la Route 6, son pot d'échappement crachant une fumée âcre qui se fondait au brouillard nocturne. David Sinclair serrait le volant à s'en blanchir les phalanges, les yeux rivés sur la ligne jaune serpentant entre les marais de Truro et les falaises crayeuses. Dans le rétroviseur étoilé, les phares du pick-up poursuivant mordaient la nuit comme des crocs de loup.

Isaac Farley toussait à l'arrière, une main crispée sur la poignée oxydée. "Prends le chemin des sauniers après Eastham", gronda-t-il entre deux quintes. Son index noueux désigna une brèche dans les fourrés. L'odeur de tabac froid et de rhum Captain Morgan flottait dans l'habitacle.

Lila Walsh feuilletait les carnets de Clara à la lueur vacillante d'une lampe de poche. Les pages cornées exhalaient un parfum d'encre saline et d'algues séchées. "14 mars : Prosperity déclare 200 tonnes de sel de Cape Cod. Les douaniers ont compté les sacs au quai n° 7." Sa voix se fêla. "Trois cents livres manquantes. Assez pour couper dix kilos d'héros."

Un impact les projeta contre leurs ceintures. Mira Cabral plaqua contre sa poitrine la tablette électronique dont l'écran fissuré montrait les coordonnées GPS d'un entrepôt abandonné de Boston — 42° 21′ 24″ N 71° 03′ 23″ W.

II. L'Antre

Le sous-sol du parking de Northern Avenue répandait une odeur d'humidité mêlée à celle de la rouille et du désespoir. Isaac traîna une grille rouillée, le grincement réveillant une nuée de rats. "Les dockers appellent ça la cathédrale", murmura-t-il en allumant une lampe-tempête dont la lueur oscillante révéla des graffitis de marins — noms de navires disparus et dates fatidiques.

Dans un réduit tapissé de cartes marines jaunies, Mira connecta son ordinateur portable. Les dossiers de Clara s'affichèrent — factures falsifiées de Cape Cod Healthcare, images de caisses marquées du symbole du phare rayé, le même que celui trouvé sur les cercueils des marins disparus.

"Ils mélangeaient le fentanyl au sel gemme", expliqua Lila en agitant un flacon de naloxone étiqueté Cape Cod Hospital. "Les camionneurs livraient jusqu'à Springfield. Clara a repéré l'anomalie dans les registres de pesée."

Un claquement se fit entendre au-dehors. Isaac plaqua

Mira contre le mur moisi, vieux réflexe de gabier face à la tempête. "Les chiens de garde ont flairé notre piste."
David extirpa de sa poche un Colt Detective Special rouillé. "Combien?"
"Suffisamment pour couler un sloop."

III. Le Marchandage

L'entrepôt 45 exhalait une puanteur de poisson pourri et de compromission. Le sénateur Callahan attendait sous un halo de néon défectueux, costume bleu nuit taillé dans l'étoffe des cauchemars.
"Sinclair." Il sourit, découvrant des canines trop aiguisées. "Vous jouez les justiciers dans un mauvais épisode de Murder, She Wrote."
Derrière lui, Lila disparaissait dans l'ombre d'un conteneur Maersk, ses menottes en acier brillant comme des bijoux maudits. David sentit la cicatrice en forme de méduse sur sa paume brûler — dernier souvenir de Clara, sa main froide serrant la sienne sur la plage de Race Point.
"Relâchez-la." Sa voix résonna dans les entrailles métalliques du bâtiment.
Callahan tendit une photo Polaroid: Isaac et Mira cernés de rouge, cibles dans le collimateur d'un fusil. "Échange

de bons procédés. Le vieux contre votre Amazone."
La mer rugit au-dehors, colère sourde contre les jetées en
granit.

IV. Les Comptes

Isaac Farley apparut dans l'embrasure, silhouette voûtée
découpée dans la brume saline. "C'était en 1972 que j'ai
quitté le navire avec ton père, Callahan." Il respectait
plus les baleines que les hommes.
Le sénateur ricana. "Les temps changent."
Le coup de feu claqua sans avertissement. Isaac s'écroula
contre un tas de caisses, main pressant son flanc gauche.
"Cours, bon sang", souffla-t-il à David, un filet de sang
coulant entre ses doigts.
Dans le chaos, Mira actionna l'alarme incendie. Les
sirènes hurlèrent, réveillant les rats et les fantômes.
L'hélicoptère de Callahan s'éleva dans un tourbillon de
papiers et de cendres, Icare en costume Brooks Brothers
disparaissant dans la brume.
Au petit jour, David et Lila regardèrent Isaac disparaître
sur une civière. Le vieux marin cligna des paupières —
ultime clin d'œil au phare de Wood End.
"Et maintenant?" souffla Lila, enveloppée dans une
couverture de survie orange.

David fixa l'horizon où le Prosperity projetait son ombre chinoise. "Maintenant, nous suivons le sel."

Chapitre XIII: Compendium

Provincetown, rongé par les marées toxiques, est évacué. David, Lila et Anaïs fondent un nouveau groupe de Veilleurs. Clara, devenue un récif vivant, murmure à travers les coquillages: "Les vrais crimes sont ceux qu'on enterre dans le sable mouillé."

Chapitre XIV
Les Lamentations du Sel

Clara's notebooks

I. L'Aube aux Paupières de Plomb

La cabane de pêcheur, nichée dans les dunes de Hatches Harbor, suintait une agonie silencieuse. Les poutres en pin tordu par les noroîts exhalaient un râle de sel et de pourriture. David Sinclair, effondré sur un tabouret bancal, fixait la radio à transistors posée sur un tonneau défoncé. L'appareil crachotait des bulletins d'information tronqués — « accident industriel à Chelsea… disparition d'une fillette de dix ans… » — voix métallique oscillant entre deux fréquences comme une funambule ivre.

Lila Walsh, adossée au mur lépreux où s'accrochaient des lambeaux de filets de pêche, serrait entre ses paumes écorchées une tasse ébréchée. Les yeux, autrefois brillants comme du café frais, reflétaient maintenant une lueur tamisée, éteinte par des nuits sans sommeil. Elle marmonna: « Ils ont recyclé le trafic dans le sel. Clara avait raison jusqu'au bout. »

Mira Cabral, courbée sur l'écran bleuté de son ordinateur portable, déchiffrait les données volées au Prosperity. Ses doigts se promenaient sur le clavier, traduisant en silence les hiéroglyphes numériques — rapports de livraison, codes de conteneurs, listes d'initiales qui sentaient la mort administrative. Un bip strident fendit l'air. Sur l'écran, des coordonnées GPS clignotaient: Chelsea,

Entrepôt 7.

David froissa une lettre d'hôpital pliée en quatre. « Isaac respire à travers un tube. Les flics l'ont catalogué comme déchet toxique pour le faire taire. » Sa voix se brisa sur le mot « déchet », écho de ses années passées à chasser les carcasses humaines sur les quais de Boston.

Dehors, le vent s'engouffra par les fissures, apportant l'odeur des marais salants de Pamet River. Lila ricana, un son de chaîne rouillée. « Callahan va nous enterrer ici. Dans sa fosse septique à secrets. »

Mira leva une main tremblante, désignant une photo floue extraite des fichiers: un conteneur marqué du symbole du phare barré, le même que Clara avait griffonné dans son carnet.

II. La Danse des Ombres Croulantes

La Ford Taurus volée geignait sur la Route 1A, ses amortisseurs agonisants cognant contre les nids-de-poule. À travers le pare-brise fissuré, Chelsea se déroulait en ulcère urbain — usines désossées aux vitres brisées, enseignes au néon clignotant comme des lumières mourantes. Lila caressait le cran d'arrêt niché dans sa botte, geste rituel hérité de son père, docker irlandais de South Boston.

« L'entrepôt appartient à la Black Dolphin LLC », raconta David en scrutant les dossiers. « Une coquille vide nourrie par les fonds de la Cape Cod Healthcare. »
Mira, blottie à l'arrière, fit claquer ses doigts pour attirer leur attention. Ses mains signèrent:
Gardes — clés à molette — rancœur. Des ouvriers mécontents transformés en sentinelles.
L'entrepôt 7 surgit telle une molaire cariée dans la mâchoire du port. Mira pirata les caméras de surveillance depuis sa tablette, faisant apparaître des silhouettes traînant des pieds entre les montagnes de conteneurs Maersk.
À l'intérieur, l'air puait l'acide chlorhydrique et la peur rentrée. Des couloirs de tôle ondulée serpentaient entre des piles de caisses étiquetées Pièces détachées — fragile. Une voix grave et rugueuse s'éleva: « On nous paie des clopinettes pour surveiller ce tas de fumier! »
Lila bondit avant que David ne retienne son souffle. Le premier garde s'écroula, son genou gauche craquant comme un crayon sec. Le second reçut la crosse du Glock de David en pleine arcade sourcilière — éclaboussure de sang sur une caisse marquée Black Dolphin Pharmaceuticals.

III. Le Chœur des Innocents oubliés

Au cœur du labyrinthe de tôle, les caisses divulguèrent leur vérité. Lila souleva un couvercle avec la délicatesse macabre d'un croque-mort. À l'intérieur, des seringues préremplies alignées comme des hosties empoisonnées, des pilules bleu-cyan luciolant sous la lumière crue.
« Ils droguaient les témoins », souffla David en brandissant un dossier. Des photos d'enfants souriaient, annotées par Clara en rouge sang : Témoin du conteneur 7 — yeux verts — cicatrice en croix sous l'aisselle.
Mira étouffa un cri. Trois gardes débarquèrent, armés de clés à molette et de haine. David tira un coup en l'air — la balle ricocha sur une poutrelle en acier, réveillant un essaim d'alarmes stridentes. Lila saisit un extincteur, transformant le combat en ballet de mousse blanche et d'os brisés.
« La sortie! » hurla David en entraînant Mira vers les docks. Derriere eux, des voix hurlaient en portugais et en créole cap-verdien — chair à canon importée des Açores.

IV. L'Adieu au Vieil Homme-Mer

Une fois de retour dans la cabane, Mira étala les preuves

sur la table rudimentaire: des rapports médicaux trafiqués, des photos de fillettes disparues et des factures reliant Callahan à la Black Dolphin. Lila fixa le portrait d'Anaïs Varga, dix ans, disparue à Truro en janvier. « Son témoignage coulerait Callahan. Mais elle se terre quelque part. »

Trois coups à la porte, suivis de trois autres: « — ta-ta-ta — », un message codé en morse, que j'ai appris lors de mes voyages en mer sur des bateaux de pêche. Isaac Farley fit une entrée hésitante, un pansement taché de sang pendouillant sur son côté. « Ils m'ont relâché… appât pourri… »

Les phares des SUV illuminèrent la nuit, dévorant les dunes. Isaac saisit le fusil de chasse accroché au mur, vieux Remington rouillé qui avait abattu son dernier canard en 1998. « Prends la petite… Elle a le feu de Clara dans les veines. »

Des hommes vêtus de costumes noirs sont apparus, des silhouettes découpées dans le néon. Lila épaula son arme, une larme coulant le long du canon. David traîna Mira vers les dunes de Race Point, leurs empreintes englouties par le sable vorace.

Les détonations déchirèrent la nuit. Isaac rugit un chant de gorge wampanoag, Nâpawset le guerrier parti affronter les esprits. La mer répondit par un grondement d'orgue, vagues frappant le rivage en mesure funèbre.

V. L'Éveil de la Cloche-Fantôme

Ils coururent jusqu'à ce que leurs poumons brûlent. Mira trébucha, main refermée sur une bosse métallique ensevelie: une cloche de navire couverte d'algues et de symboles wampanoags. « Clara les dessinait » signa-t-elle, effleurant les spirales gravées.

David identifia le schéma, qui se trouvait également sur la page 81 du cahier de Clara. Quelque part, les sirènes de police hurlèrent, chiennes de garde du mensonge.

Lila rejoignit les autres, une entaille sanguinolente ornant sa joue. « Anaïs parlera. Même si nos bouches doivent se sceller. »

Derrière eux, la cabane d'Isaac brûlait comme un bûcher votif. Dans les flammes, la cloche sembla tinter, son chant traversant les couches du temps — promesse d'une marée vengeresse.

Épilogue: Les Marées Promise

Au fond de la baie de Cape Cod, les cargos du navire « Prosperity » étaient éventrés. Des liasses de documents se déplaçaient comme des méduses, encre se dissolvant en nuages de culpabilité. Des homards aux pinces mutantes agrippaient des photos de fillettes souriantes.

À Revere, une enfant aux yeux verts serrait un ours en peluche, cicatrice en croix palpitant sous son pyjama Hello Kitty. La mer, ce soir-là, rapporta son nom en léchant les rochers de Deer Island.

Chapitre XIV: Compendium

David et son équipe traquent un trafic d'opioïdes dissimulé dans des cargaisons de sel, lié à la Black Dolphin LLC. Dans un entrepôt de Chelsea, ils découvrent des seringues et des preuves de corruption médicale. Isaac, blessé, se sacrifie pour les protéger d'une embuscade. Anaïs, fillette disparue, est identifiée comme témoin clef. Le chapitre s'achève sur la découverte d'une cloche marine gravée de symboles wampanoags, héritage de Clara, annonçant une marée vengeresse.

Chapitre XV
Les Enfants de la Brime

I. La Cache

La chambre d'Anaïs Varga sentait le goudron froid et la cire de bougie rancie. Sur les murs tapissés de cartes NOAA déchirées, des épingles rouges marquaient les routes du Prosperity entre Boston et Saint-Pierre. L'enfant, recroquevillée dans un fauteuil en rotin mangé par les mites, fixait David à travers une mèche de cheveux couleur varech.

« Papa utilisait le code Lane's », confia-t-elle en sortant un collier-médaillon du ventre troué de son ours en peluche. Le pendentif en forme de bossoir rouillé s'ouvrit dans un grincement de poulie sèche. À l'intérieur, une clé USB brillait telle une écaille de thon.

Lila examina l'objet à la lueur d'une lampe tempête. « Le manuel de cargaison de 1937. Votre père connaissait ses classiques. »

Dans la cuisine aux carreaux écaillés, Mira connecta la clé à son ordinateur blindé. L'écran explosa de preuves : vidéos nocturnes de Callahan chargeant des conteneurs ISO sur une barge à Woods Hole, relevés AIS falsifiés du cargo Black Dolphin. Un message clignota en vert radar: 3 feux rouges s'allumeront si ces données quittent la chambre des machines.

David effleura la cicatrice en forme de nœud de chaise

sur son poignet. « Clara a transformé leur chantage en leurre à requins. Un appât qui saigne la vérité. »

Anaïs dénicha un cahier à dessins caché sous son matelas. Les pages révélèrent des schémas de bouées cardinales annotées en morse. « Papa m'apprenait pendant les quarts de nuit. Chaque feu a son rythme: Le "A" s'allume par intermittence, en alternant entre des cycles longs et courts. Le B rapide comme un coup de ris Le C… »

Un coup de klaxon rompit le silence. Deux SUV noirs gravissaient la côte en crachant des graviers.

II. La Forteresse de Papier

La bibliothèque maritime de Provincetown suintait le sel et les vieux secrets. Derrière un portulan du XVIIIe siècle, Mira installa son matériel sur une table tachée d'encre de seiche. Anaïs montra du doigt les symboles sur une carte des courants de Nantucket Sound:

« Les bombes sont calées sur les aides à la navigation. » Sa main traça un cercle autour des feux de Race Point et de Billingsgate Shoal. « Papa disait qu'on peut tout cacher dans les faux échos sonar. »

Les doigts de Mira voltigèrent entre trois écrans. Des schémas apparurent — charges C4 dissimulées dans des bornes de balisage, synchronisées avec les tables de marées du NOAA Tide Tables. « Détonation prévue à marée basse de morte-eau. Quand les rochers percent comme des dents. » David consulta son chronomètre de quart. « Il faut trois heures et sept minutes pour désactiver le dispositif. Les Black Dolphin Boys vont vouloir saborder l'opération. »

Lila arma son Glock 19 modifié pour tirer les fusées de détresse. « On va leur apprendre à danser la gigue de l'étrave. »

Anaïs saisit le clavier. Ses doigts minuscules tapèrent la séquence finale — un code de détresse Mayday inversé. Soudain, les haut-parleurs du port hurlèrent les enregistrements compromettants. La voix de Callahan retentit entre les jetées:

« Ces cliniques sont des bouées-chargeurs. On déverse la came dans les veines du Cape comme du ballast. »

III. La Traque

La fuite à travers les rayonnages ressembla à une chasse à vue dans un labyrinthe de coques. Anaïs guida David vers l'escalier de coupée caché derrière un rouleau de cartes bathymétriques.

« Papa a percé le mur pendant les nuits de brume »,

chuchota-t-elle en poussant une édition originale de Moby Dick. Le tunnel de planches dégoulinantes débouchait sur le quai des baleiniers abandonné.
Callahan les attendait devant un tas de casiers à homards brisés. Son Colt Python .357 Magnum luisait sous la lune comme un hameçon traître.
« Vous auriez dû rester à pêcher vos petits mystères, Sinclair. » Un grognement de diesel interrompit sa tirade. Le vieux chalutier Lady's Slipper émergea de la brume, proue ornée de garcettes en lambeaux. À la barre, Isaac Farley braillait un chant de gabier tout en manœuvrant le grappin d'abordage.
« Pour Clara! Et toutes celles qu'on a jetées par-dessus le bastingage! »
Le grappin d'acier transperça l'épaule de Callahan. Le sénateur bascula par-dessus la lisse avec un cri étouffé par les vagues.

IV. L'Échouage

Au petit matin, le corps de Callahan dériva jusqu'aux rochers de Dead Neck Island, offert aux vagues comme une offrande impie. Les crabes avaient déjà entamé leur festin, leurs pinces tranchant les foulards de soie pour mieux atteindre la chair.

Dans le square du monument aux Disparus en Mer, Anaïs tendit le médaillon-bossoir à Lila. « Maintenant, c'est vous la gardienne des secrets. »

David suivit du regard l'enfant qui s'éloignait vers le kiosque à musique désaffecté. « Et ton père? »

Elle désigna l'horizon, où un feu de navigation isolé palpitait dans la brume. « Il m'attend au point Lima. Là où les cartes mentent pour protéger les récifs. »

Quand ils se retournèrent, seule une empreinte en forme de nœud de chaise marquait le sable humide.

Épilogue: Le Livre des Marées

David s'agenouilla devant le cairn de Clara et y glissa le journal de bord du Lady's Slipper, retrouvé dans la cabine d'Isaac. Les pages couvertes de symboles de cargaison illicite s'éparpillèrent sous le vent comme des voiles en détresse.

Plus, bas sur la grève, Mira reprogrammait les bouées intelligentes, effaçant méthodiquement les traces. Lila triait les preuves dans un conteneur réfrigéré marqué Fruits de mer — Périssable.

Au large, le cargo Black Dolphin II fendait les eaux. Son feu de poupe clignota en séquence:

• • • — — — • • •

S.O.S. inversé. Aveu final.

Chapitre XV: Compendium

Anaïs dévoile des codes marins et des schémas de bombes dissimulées dans les bouées de navigation. L'équipe affronte Callahan sur les quais, où Isaac surgit pour le neutraliser avec un grappin. Callahan disparaît dans les flots, et Anaïs transmet les secrets de Clara avant de s'évanouir. Le cargo Prosperity est sabordé, révélant les preuves du trafic. L'épilogue montre Anaïs devenue l'héritière des secrets, tandis que la mer grave son nom dans ses courants.

Chapitre XVI
Équilibres Prédateurs

I. Le Sang des Horloges

Le phare de Nobska Point vibrait tel un diapason géant. Lila fixait des rapports d'autopsie sur un tableau magnétique rouillé, chaque document annoté de coordonnées hydrologiques. À côté, Mira décryptait des flux SWIFT entre des sociétés-écrans basées aux îles Turkset-Caicos, ses écrans reflétant d'étranges topographies sous-marines.
— Ils liquident via des corridors benthiques, indiqua-t-elle en traçant du doigt des lignes sonar. Des transferts cryptés dans les courants de fond.
David fit tourner entre ses doigts le disque dur récupéré dans la cloche — un enregistreur de données de navire de classe Blue Box, utilisé sur les brise-glaces russes. Il l'inséra dans un lecteur blindé. Un cliquetis métallique retentit.
Les hologrammes jaillirent: plans architecturaux d'orphelinats annotés en code OTAN, schémas de chambres hyperbares transformées en chambres à gaz. Une note manuscrite de Clara flottait dans l'air salin: Les détonateurs sont calés sur les marées de syzygie. Anaïs seule connaît le contre-ordre.
Un souffle de vent s'engouffra par les hublots ébréchés,

Chapitre XVII
Le Chant des Vigies

charriant l'odeur des algues putrides de Hadley Harbor. Lila resserra son gilet pare-balles modifié pour flotter.
— Leur système respire par les failles abyssales. Il faut les asphyxier par le fond.

II. Le Ballet des Cétacés d'Acier

Dans le chenal de Woods Hole, un sous-marin Triton 36000/2 était amarré, sa coque recouverte de balanes comme une carapace malade. Evan Cabral ajusta son gant en néoprène intégrant un traceur AIS pirate. À ses côtés, Kraken, son second — un ancien plongeur de saturation —, désigna les caisses étiquetées Matériel océanographique:
— On embarque les générateurs à impulsions magnétiques à 23 h 47. Synchronisation avec le mascaret de la baie de Fundy.
Evan effleura la cicatrice en forme de dorsale médio-océanique sur sa nuque.
— Callahan a sous-estimé les courants de Foucault. Ses bombes imploseront avec le reflux.
Dans les entrailles du submersible, des voyants thermiques clignotaient en rythme avec les cycles lunaires gravés sur un cadran de marée du XVIIIe siècle.

III. L'Échine du Léviathan

Isaac Farley dérivait dans le courant nord-atlantique, son sang se mêlant à l'eau de mer dans un halo phosphorescent. Sa main agrippait une bouée de sauvetage du MV Pequod, disparu en 1997 avec quatorze hommes.
Vision fugace: Clara lui tendant un compas gyroscopique modifié.
— Quand le pôle magnétique vacille, suis les étoiles doubles des Wampanoag.
Un coup de mer le projeta contre les récifs de Langlee Island. Vomissant des filaments d'algues rouges, il se traîna jusqu'au sémaphore abandonné de Tarpaulin Cove et frappa la porte en chêne marin de son poing ensanglanté.
— Sinclair! Ils ont verrouillé les bombes sur les anomalies de Rossby!

IV. La Marée Algorithmique

David déchiffrait les données de la Blue Box sur un terminal piraté de l'Institut océanographique de Woods Hole.

— Les orphelinats sont assis sur des poches de méthane. Evan veut déclencher un hiver volcanique côtier.
Mira superposa les cartes des courants de turbidité avec les relevés sismiques.
— Les détonateurs répondent aux ondes de Lamb. Anaïs a crypté le contre-chant dans les harmoniques de la cloche.
L'écran afficha une séquence clignotante: 44° 31' N 67° 37' W — les coordonnées du naufrage du USS Thresher.
— C'est une feinte, grogna Isaac en réglant son arbalète modifiée. Evan nous fait valser la gigue des marées mortes.
Soudain, les radios VHF s'illuminèrent:
Alerte Tsunami niveau 3. Évacuation immédiate des zones côtières.

V. Le Chant des Abysses

Sur le quai 14, le submersible vibrait comme un cétacé en rut. David et Lila rampèrent entre des conteneurs réfrigérés marqués Cultures de diatomées, guidés par Mira via un sonar passif.
— Deux gardes à bâbord, équipés de fusils à harpon électrique. Caméra thermique désactivée dans…

L'explosion retentit avant qu'elle ne finisse sa phrase — une charge creuse percutant le ballast tribord. Des laminaires génétiquement modifiées jaillirent, leurs vrilles chercheuses s'enroulant autour des jambes d'Evan.

— Cadeau du Dr Voss! lança Lila en dégainant son pistolet à impulsions sous-marines.

Mira brancha la cloche de Clara à un émetteur Lofar. Les ondes stationnaires firent imploser les générateurs à méthane.

Evan se jeta sur Isaac, couteau à palmes brandi. D'un coup de crosse chirurgical, Isaac frappa le point LI-18 de la médecine navale chinoise.

— Compte à rebours figé à 19 secondes, annonça Mira, les doigts tremblants sur le clavier.

Épilogue: Les Courants Porteurs

Au petit matin, les bouées intelligentes communiquaient en mode diagnostic. Anaïs avait disparu, ne laissant qu'un message gravé sur une plaque de titane:

Cherchez où les rémanences magnétiques s'entrelacent avec les tourbillons de von Kármán.

Dans le phare, David étudiait les données récupérées — les schémas d'un laboratoire sous-marin à 3 000 brasses. Lila triait des armes imprimées en chitine de krill. Mira reprogrammait les bouées pour diffuser l'Hymne aux Étoiles des Wampanoag.

— Ils reviendront par les cheminées hydrothermales, prévint Isaac en examinant une carte des failles de fracture.

David fixa l'horizon, où le RV Atlantis traçait sa route.

— Alors, nous descendrons dans la zone hadale. Clara aurait aimé ça.

Chapitre XVI: Compendium

Evan Cabral planifie un tsunami en exploitant des poches de méthane sous des orphelinats. L'équipe pirate les systèmes du sous-marin Triton, utilise la cloche de Clara pour émettre des ondes disruptives et stoppe les détonateurs. Evan est neutralisé par Isaac, appliquant une technique de médecine navale chinoise. L'épilogue ouvre la voie à une future plongée dans la zone hadale, sur les traces de Clara.

I. L'Heure des Hyènes

La Plymouth grise rendit son dernier souffle sur le quai n° 7, moteur hoquetant un nuage de fumée âcre. David posa une main tremblante sur son flanc brûlant, l'acier tordu du châssis lui rappelant les épaves de son passé. Les gyrophares des fourgons blindés balayaient les docks, transformant les flaques d'huile en pièces d'or fêlées.

Lila jaillit de l'épave, son pistolet encore fumant épousant la courbe de sa hanche comme un amant fidèle. « Ils ont verrouillé les issues. Evan veut un bûcher de chair fraîche. »

Isaac émergea en boitant, son bandage trempé d'un sang si noir qu'il semblait puisé à l'encre des abysses. Son regard accrocha celui de David — deux loups de mer mesurant la profondeur du gouffre. « La marée descendante emportera leurs cris. Suis le chant des vigies. »

Dans leurs oreillettes, la voix de Mira chevrota, transformée par les interférences en fond sonore spectral : « 4 minutes 33... Le compte respire dans les veines de pierre... »

David serra la cloche de Clara contre sa poitrine. L'objet vibrait d'un bourdonnement sourd, écho des tempêtes

intérieures. « On les attire vers le cimetière de barges. Toi et moi, on glisse par les artères oubliées. »
Lila déchira sa manche ensanglantée, nouant le chiffon autour d'un couteau de marin. « Les égouts sentent la peur et le vieux cuir. Parfait pour une chasse en miroir. »

II. La Danse des Leurres

Isaac marcha vers les quais abandonnés, chaque pas réveillant les planches pourries. Sa silhouette se mouvait sur les murs gouttants, démesurée, monstrueuse, avalée par les gueules béantes des hangars déserts.
« Vous cherchiez un monstre? » hurla-t-il en défonçant une porte rouillée. « En voilà un! »
Les projecteurs des fourgons le transpercèrent. Dans leur halo blafard, le vieux marin parut décharné, mythique, Poséidon ivre de colère brandissant son fusil à pompe.
Le sous-marin d'Evan émergea dans un geyser d'écume, cicatrice d'acier hérissée de balanes comme des yeux aveugles. Son périscope pivota avec un grincement de squelettes frottés, traquant Isaac qui ricana en déchargeant ses cartouches à sel sur la coque.
« Viens donc, toi qui es maigre et fluet! Montre-moi tes crocs de ferraille! »
L'explosion déchira la jetée dans un rugissement de

baleine éventrée. Isaac disparut dans un tourbillon de planches et de cordages, son rire résonnant encore quand les vagues refermèrent leur étreinte

III. Les Veines de la Ville

David et Lila rampèrent dans le ventre de Boston, les égouts transformés en cathédrale visqueuse. La cloche de Clara cognait contre les parois, chaque tintement dessinant des cercles de lumière fauve sur les eaux stagnantes.

« Mira, éclaire nos ténèbres », chuchota David, les doigts agrippant une canalisation rouillée.

La réponse parvint en bribes, comme un message dans une bouteille:

« À gauche… Les terminaisons nerveuses… Mur Est… »

L'air empestait la mort lente — amalgame de racines pourries et de souvenirs noyés. Lila tendit l'oreille: quelque part devant, un clapotis trahissait une présence.

« Des rats? »

David secoua la tête, la cloche vibrant plus fort. « Plus gros. Plus, vieux. »

Ils débouchèrent dans une salle voûtée où suintait la mémoire de la ville. Sur les murs, des graffitis de marins du XVIIIe siècle dialoguaient avec des câbles en fibre optique. Au centre, pulsant comme un cœur mécanique, le système de détonation alignait ses diodes rouges.

Lila arracha violemment l'emballage avec ses mains, écorchant ses ongles sur le matériau rigide. « Branche le chant de Clara! »

David enfonça la cloche dans la matrice de circuits. L'objet s'illumina de runes électriques, émettant une note pure qui fit trembler les eaux stagnantes.

IV. Le Rugissement du Léviathan

Le sous-marin rugit, missile éventrant la nuit. L'orphelinat St. Mary explosa en une gerbe de briques et de cris étouffés. David plaqua Lila contre le sol, leurs bouches mélangées à la poussière d'étoiles mortes.

Quand le silence revint, il ne restait qu'un paysage lunaire. Des livres calcinés voletaient comme des mouettes blessées.

Lila toussa un rire rauque. « On a sauvé les murs. Pas sûr que ça valait le coup. »

David fixa la cloche fêlée dans ses mains. « Clara aurait… »

Le sol trembla. Une seconde explosion projeta des débris en pluie acide.

V. L'Aube des Ombres

Mira les trouva enlacés sous une poutre enflammée, leurs silhouettes fusionnant avec les ténèbres animées. Le phare de Wood End émettait un éclat lointain, un œil cyclopéen refusant de se fermer.

« Isaac… », murmura David, une écaille de verre plantée dans sa paume.

La mer répondit par un clapotis apaisé, rendant le vieux marin à son lit d'algues. Quelque part dans les profondeurs, un cargo fantôme hululait son chant perdu.

Épilogue: Les Gardiens du Flux

Trente marées ont passé. Le phare veille toujours, cicatrice de lumière sur la peau du néant.

Lila marche sur la grève de Race Point, suivant les pas d'un garçon qui fait bouger une cloche rouillée. L'objet tinte, mêlant sa voix au ressac.

« Elle continue de fredonner! » s'exclame l'enfant, ses yeux vert émeraude étincelant comme des petites lampes.

David sourit, sa main reposant sur l'amoncellement de pierres, symbole de tout ce qu'il restait de Clara. « C'est le sang de la mer. Ça ne sèche jamais. »

Les pêcheurs racontent qu'aux nuits de grand vent, on entend le rire d'Isaac se mêler aux sirènes de brume. Les enfants jurent avoir vu Mira dialoguer avec les bouées intelligentes, ses doigts traçant des constellations dans l'air salin.

Quant au sous-marin, il dort dans la fosse de Wilkinson, peuplé de chimères crustacées qui dévorent ses mensonges. Parfois, lors des tempêtes équatoriales, ses torpilles rouillées entonnent en chœur avec les baleines. Et la mer, éternelle complice, continue d'effacer les traces tout en préservant les échos — gardienne muette des vérités trop lourdes pour la terre ferme.

Chapitre XVII: Compendium

Dernière confrontation contre les sbires d'Evan. Isaac attire les ennemis vers un cimetière de barges et se sacrifie dans une explosion héroïque. David et Lila désactivent un réseau de bombes dans les égouts de Boston grâce à la cloche de Clara. L'orphelinat St. Mary est détruit, mais toutes les vies sont épargnées. L'épilogue montre David, Lila et Mira perpétuant l'héritage des Veilleurs, tandis que la mer efface les traces des crimes et préserve leur mémoire.

À propos de l'auteur

Depuis l'aube de ma dix-septième année, le désir d'écrire m'anime profondément. Sous le nom de Raphaël L. Marly, j'explore le monde à travers mes mots, puisant mon inspiration dans les rencontres et les émotions qui m'entourent. Mon carnet est un refuge où je consigne mes pensées et mes idées, cherchant à créer des histoires qui touchent les cœurs. Écrire, pour moi, est une passion qui me permet de découvrir ma voix unique et de me connecter au monde qui m'entoure.

Lexique

A

Abysso-vengeur (n. masc.)
Déf.: Personnification de l'océan comme entité punitive, archivant les crimes humains dans ses strates sédimentaires.
Ex.: « L'abysso-vengeur sculpte les mensonges en légendes. » (Ch. I)
Origine: Néologisme hybride (abysse + vengeur).

Anémones-cicatrices (n. f. plur.)
Déf.: Blessures colonisées par des polypes marins symbiotiques, métaphores de la mémoire corporelle.
Ex.: « Ses plaies s'ouvrirent en anémones-cicatrices, dialoguant avec les marées. » (Ch. V)   Contexte scientifique: Théorie fictive de la mémoire cellulaire marine.

Athanor maritime (n. masc.)
Déf.: Usine polluante recyclant les déchets en or, symbole de l'alchimie industrielle pervertie.
Ex.: « Les cheminées crachaient un or maudit, fruit de l'athanor maritime. » (Ch. XII)
Réf. mythologique: Détournement du four alchimique médiéval.

Aurores marines (n. f. plur.)
Déf.: Phénomène lumineux fictif semblable aux aurores boréales, généré par des organismes bioluminescents.
Ex.: « Provincetown s'éveillait sous les aurores marines, lueurs toxiques dansant sur les vagues. » (Ch. I)

B

Bernacles mentales (n. f. plur.)
Déf.: Souvenirs obsédants collant à l'esprit comme les crustacés aux coques de bateaux.
Ex.: « Les bernacles mentales de Clara rongeaient ses insomnies. » (Ch. III)

Bioluminescence testimoniale (n. f.)
Déf.: Production de lumière par des organismes marins génétiquement modifiés pour révéler des preuves.
Ex.: « Les diatomées délétères émettaient une bioluminescence testimoniale sous UV. » (Ch. VI)

Black Dolphin LLC (n. f.)
Déf.: Société écran liée au trafic d'opioïdes, inspirée du dauphin noir des légendes baleinières.
Symbologie: Corruption masquée en créature mythique.

Borealis (n. masc.)
Déf.: Cargo fantôme central, symbole des naufrages maudits et des trafics occultes.
Étymologie: Inspiré de Boreas (vent du nord en grec).
Ex.: « Le Borealis naviguait entre les strates temporelles, coque mangée d'anémones prophétiques. » (Ch. XVI)

C

Catharisme liquide (n. masc.)
Déf.: Doctrine hérétique fictive prônant la purification par la noyade sacrificielle.
Ex.: « Le catharisme liquide des Veilleurs exigeait des âmes en tribut. » (Ch. IX)

Cloche marine (n. f.)
Déf.: Instrument de plongée ancestral gravé de symboles wampanoags, réceptacle de mémoires océaniques.
Ex.: « La cloche marine murmurait les secrets des noyés de 1923. » (Ch. IV)

Cryopélagique (adj.)
Déf.: Relatif aux organismes mutants survivant dans les eaux glaciales et profondes.
Ex.: « Sa peau cryopélagique luisait d'un bleu hadal. » (Ch. XIV)
Céphalopode géosynclinal (n. masc.)
Déf.: Entité mythique tissant les continents depuis les abysses, symbole des forces géologiques primordiales.
Ex.: « Le céphalopode géosynclinal creusait les failles de nos mensonges. » (Ch. XVI)

D

Diatomées délétères (n. f. plur.)
Déf. : Microalgues OGM stockant des données criminelles dans leurs

carapaces de silice.
Ex. : « Les diatomées délétères gravaient les aveux de Grey Marine. » (Ch. III)
Contexte scientifique : Inspiré des recherches réelles sur l'ADN environnemental.

Dysphorie estuarienne (n. f.)
Déf. : Malaise existentiel né du mélange des eaux douces et salées, métaphore des identités fracturées.
Ex. : « Sa raison se perdait en dysphorie estuarienne. » (Ch. IV)

Dystocie marine (n. f.)
Déf. : Accouchement difficile des vérités enfouies, souvent mortel.
Ex. : « La dystocie marine de Clara accoucha de monstres. » (Ch. VII)

E

Écholalie abyssale (n. f.)
Déf. : Répétition compulsive des derniers mots des noyés par les méduses mutantes.
Ex. : « Les méduses psalmodiaient en écholalie abyssale les confessions des sacrifiés. » (Ch. XI)

Écocide onirique (n. masc.)
Déf. : Destruction des imaginaires collectifs par la pollution industrielle.
Ex. : « L'écocide onirique d'Evan Grey empoisonnait les rêves des enfants. » (Ch. X)

Épouses de Davy Jones (n. f. plur.)
Déf. : Femmes disparues en mer, transformées en gardiennes des

détroits maudits.
Réf. mythologique : Davy Jones, personnage légendaire des folklore maritime.
Ex. : « Clara étudiait les liturgies des Épouses de Davy Jones. » (Ch. IV)

F

Fosses à vérités (n. f. plur.)
Déf. : Abysses servant de dépotoir aux preuves de crimes, archives liquides des mensonges humains.
Ex. : « Les fosses à vérités recrachent leurs secrets à marée basse. » (Ch. VIII)

Furtivité hadale (n. f.)
Déf. : Technique de camouflage inspirée des créatures des fosses océaniques.
Ex. : « Le sous-marin avançait en furtivité hadale, avalé par les ténèbres. » (Ch. XVI)

G

Glyphes tectoniques (n. masc. plur.)
Déf. : Symboles gravés par l'activité sismique, interprétés comme langage des profondeurs.
Ex. : « Les glyphes tectoniques murmuraient les secrets des plaques. » (Ch. XVII)

Gueule-de-loup (n. f.)
Déf. : Capsules d'opioïdes dissimulées dans des coquillages, allusion à la plante toxique.
Ex. : « Les gueules-de-loup fleurissaient dans les estuaires, empoisonnant les grèves. » (Ch. IX)   H

Hydroréalisme (n. masc.)
Déf. : Style littéraire mêlant réalisme social et mythologie marine.
Ex. : « L'hydroréalisme du roman transforme les docks en cathédrales liquides. » (Note de l'auteur)

Hadopélagique (adj.)
Déf. : Relatif aux zones océaniques au-delà de 6 000 mètres, domaine des Veilleurs.
Ex. : « Le sous-marin plongea en zone hadopélagique, territoire des chimères. » (Ch. XVI)

L

Léthologie des marées (n. f.)
Déf. : Étude des mécanismes d'oubli orchestrés par les cycles océaniques.
Ex. : « La léthologie des marées effaçait les noms, mais pas les remords. » (Ch. VII)

Liturgies du sédiment (n. f. plur.)
Déf. : Rituels d'écriture dans les strates géologiques, pratiqués par les Veilleurs.

Ex. : « Les liturgies du sédiment scellaient les pactes avec l'abysso-vengeur. » (Ch. XV)

M

Méduses-parchemins (n. f. plur.)
Déf. : Espèces bio-ingéniérées dont les tentacules portent des inscriptions cryptées.
Ex. : « Les méduses-parchemins déroulaient les aveux d'Evan Grey sous lumière noire. » (Ch. VI)

Métastase saline (n. f.)
Déf. : Propagation cancéreuse de la pollution dans les écosystèmes marins.
Ex. : « La métastase saline rongeait les estuaires, cellule par cellule. » (Ch. XIV)

Myophonie abyssale (n. f.)
Déf. : Production de sons par les organismes des profondeurs, formant une symphonie cryptée.
Ex. : « La myophonie abyssale des cténophores résonnait comme un requiem. » (Ch. XIII)

N

Nécroplancton (n. masc.)
Déf. : Matière organique morte flottant dans l'eau, assimilée à des souvenirs putréfiés.

Ex. : « Le nécroplancton dansait une éluvion de mensonges. » (Ch. V)

Noosphère marine (n. f.)
Déf. : Sphère des connaissances humaines absorbée et transformée par l'océan.
Réf. conceptuelle : Adaptation du concept de Teilhard de Chardin.

O

Ostracon abyssal (n. masc.)
Déf. : Fragment de coquillage gravé de messages par les disparus.
Ex. : « Les ostracs abyssaux chuchotaient les coordonnées du Borealis. » (Ch. X)

Oxymore liquide (n. masc.)
Déf. : Alliance de mots contradictoires pour décrire la mer.
Ex. : « Clara était un oxymore liquide : douceur vénéneuse, clarté opaque. » (Ch. VIII) P

Plancton testimonial (n. masc.)
Déf. : Organismes marins absorbant l'ADN des noyés, porteurs de leurs dernières paroles.
Ex. : « Le plancton testimonial psalmodiait les noms des sacrifiés. » (Ch. II)

Psychorhéologie (n. f.)
Déf. : Science fictive étudiant la fluidité de la pensée sous pression abyssale.
Ex. : « La psychorhéologie de Clara cartographiait les courants de la

folie. » (Ch. XI)

R

Récifs-consciences (n. masc. plur.)
Déf. : Structures coralliennes abritant la mémoire collective des disparues.
Ex. : « Les récifs-consciences bruissaient des secrets des Épouses de Davy Jones. » (Ch. IV)

Rossby (anomalies de)
Déf. : Perturbations océaniques exploitées pour masquer des activités criminelles.
Réf. scientifique : Détournement des ondes de Rossby (phénomène océanographique réel).

S

Sclérochronologie (n. f.)
Déf. : Méthode de datation des crimes via les anneaux de croissance des coquillages.
Ex. : « La sclérochronologie révéla des taux de plomb datant du naufrage du Borealis. » (Ch. XIII)

Symbiose abyssale (n. f.)
- Déf. : Fusion organique entre humains et écosystèmes marins, souvent mortelle.

- Ex. : « La symbiose abyssale de David le métamorphosa en récif pensant. » (Ch. XVII)

T

Thanatomorphose (n. f.)
Déf. : Transformation post-mortem en entité marine gardienne.
Ex. : « La thanatomorphose de Clara la métamorphosa en sirène-cadavre. » (Ch. V)

Turbidité morale (n. f.)
Déf. : Opacité psychologique des personnages, comparée à l'eau trouble des ports. Ex. : « La turbidité morale d'Evan Grey empoisonnait la baie. » (Ch. XII)

V

Veilleurs-cadavres (n. masc. plur.)
Déf. : Hybrides post-mortem colonisés par des organismes marins, gardiens des abysses.
Ex. : « Les Veilleurs-cadavres surgissaient des brumes, chairs fusionnées au corail. » (Ch. VII)

Vox marina (n. f.)
Déf. : Voix des disparues, audible dans le clapotis des coques rouillées.
Ex. : « La vox marina de Clara guidait David vers les épaves. » (Ch. XIV)

Z

Zoopathie abyssale (n. f.)
Déf. : Transfert de maladies entre espèces marines et humaines, métaphore de la contamination morale.
Ex. : « La zoopathie abyssale transforma les pêcheurs en chimères. » (Ch. XV)

Concepts Clés
1. Hydroréalisme : Fusion du réalisme social et du fantastique marin.
2. Écocide onirique : Crime contre l'imaginaire écologique.
3. Métamorphose abyssale : Dissolution de l'identité humaine dans les abysses.

Références Culturelles
Charybde et Scylla : Détroit maudit près de Provincetown.
Moby Dick : Quête obsessionnelle et symbolisme de la baleine blanche.
Lautréamont : Esthétique du grotesque dans les hybrides marins.

Annexe
Résumé global du roman Les Veilleurs du quai de Provincetown :

Intrigue centrale
David Sinclair, un lieutenant marqué par son passé, enquête sur la mort de l'océanographe Clara Voss, dont les recherches révèlent un réseau de crimes écologiques et de trafics liés à l'océan. Des disparitions de femmes, des expériences génétiques illégales, et un trafic d'opioïdes masqué en exportations de sel exposent la corruption de politiciens et industriels. Aidé par Lila (journaliste), Mira (hackeuse), et Isaac (vieux marin wampanoag), David affronte des forces obscures, découvrant que Clara s'est sacrifiée pour devenir une gardienne des abysses.

Thèmes majeurs

1. L'Océan vivant : Entité consciente régénérant ses blessures en absorbant les coupables, archivant les mémoires dans les récifs.
2. Sacrifice et rédemption : Clara, Isaac et David se transforment en symboles de résistance, fusionnant avec la mer pour protéger ses secrets.
3. Corruption vs Pureté : Les élites (Callahan, Evan) exploitent l'océan, tandis que les marginaux (pêcheurs, enfants disparus) incarnent l'espoir.

Symboles clés
Le masque et la cloche : Interfaces entre humains et abysses, outils de justice marine.
Les marées : Métaphores du temps, de la mémoire et des cycles de vengeance.
Les Veilleurs : Hybrides de chair et de corail, gardiens d'un équilibre prédateur-proie.
Conclusion
Le roman s'achève sur une note ambivalente : Provincetown, purgé par les tempêtes, renaît sous la protection d'Anaïs et de créatures marines mutantes. David, héritier des Veilleurs, assume son rôle de scribe des profondeurs. La mer demeure une juge impitoyable et un sanctuaire, rappelant que ses vérités, trop vastes pour les hommes, dansent éternellement.

Annexe Fiction
Style Littéraire : Un Hybride Visionnaire

Les Veilleurs du quai de Provincetown défie les catégorisations simplistes, fusionnant des traditions littéraires pour créer une esthétique unique. On peut néanmoins identifier ses racines et innovations :

1. Éco-Gothique Maritime
Origines : Mélange le gothique traditionnel (atmosphère lugubre, fantômes, folie) avec une angoisse écologique contemporaine.
Exemple : Les épaves pourrissantes deviennent des cathédrales de désespoir, le phare désaffecté un personnage à part entière.
Références : Herman Melville (symbolisme de la baleine), H.P. Lovecraft (horreur cosmique), mais avec une conscience climatique.

2. Réalisme Magique Aquatique
Origines : Inspiré de García Márquez ou Murakami, mais ancré dans le biologique plutôt que le surnaturel pur.
Exemple : Les méduses bioluminescentes portent des messages cryptés, les algues poussent en forme de phrases prophétiques.
Innovation : Le "merveilleux" n'est pas une évasion, mais une amplification des désastres réels (marées noires, microplastiques).
3. Noir Océanique (Oceanic Noir)
Origines : Descendant du polar nordique (Jo Nesbø) et du néo-noir américain (James Ellroy), mais immergé dans un décor maritime.
Exemple : L'enquête de David Sinclair, flic rongé, croise des médecins corrompus et des pêcheurs maudits dans des bars enfumés.
Tonalité : Désenchantement existentiel, moralité en nuances de gris (comme les brumes de Cape Cod).

4. Baroque Organique
Origines : Héritier du baroque littéraire (D'Aubigné, Góngora) où l'excès verbal épouse la démesure naturelle.
Exemple : Les métaphores sont des organismes vivants ("ses cicatrices bourgeonnent en corail", "la mer digère les mensonges").
Langue : Luxuriante mais rongée, comme une épave couverte de balanes — beauté et pourriture cohabitent.

5. Existentialisme Liquide

Origines : Sartre rencontre Rachel Carson. La liberté humaine se heurte à l'indifférence terrifiante de l'océan.
Exemple : Le choix de David entre humanité et hybridation marine incarne l'absurdité camusienne, mais dans un corps qui se métamorphose.

6. Climate Fiction (Cli-Fi) Sombre
Origines : S'inscrit dans la lignée de L'Anomalie (Houllebecq) ou The Road (McCarthy), mais remplace le désert par l'abysse.
Innovation : La nature n'est pas un décor, mais un protagoniste vengeur — une prise de position radicale dans le délitement écologique.

Aspect Stylistique
1. Imaginaire Viscéral et Baroque Marin
Le style est une marée organique, mélangeant lyrisme et grotesque. Les métaphores puisent dans l'anatomie marine ("cicatrices bourgeonnant en anémones", "yeux injectés de plancton") pour créer un réalisme magique gluant, où le beau et le répugnant s'entrelacent comme algues et déchets.

2. Structure en Courants Contraires
Le récit épouse les mouvements de la mer : non-linéaire, avec des retours en arrière qui jaillissent comme vagues, des chapitres-fragments échoués (journaux de Clara, rapports médicaux) et une temporalité rythmée par les marées. La narration elle-même devient un flux et reflux, alternant entre introspection noyée et action tempétueuse.

3. Langue Corrodée par le Sel
Le lexique est une immersion sensorielle : mots rares ("hadal",

"sclérochronologie"), néologismes ("encres de calmars mutants"), et phrases saccadées comme des hoquets de noyé. La ponctuation se fait irrégulière — tirets secs, points-virgules tremblants — mimant l'essoufflement des personnages. La mer n'est pas décrite : elle infuse la syntaxe, ronge les phrases, dépose du sel entre les lettres.

4. Ton Élégiaque et Gothique
C'est un roman du deuil, où chaque paysage est une nécropole liquide. Les descriptions de Provincetown mêlent réalisme social (déclin des pêcheurs, corruption) et onirisme funèbre ("phare clignotant en code de détresse", "méduses-parchemins"). Le gothique maritime remplace les châteaux hantés par des épaves, les vampires par des hybrides aux ouïes sanglantes.

Conclusion Synthétique
Les Veilleurs du quai de Provincetown est un organisme littéraire — un être hybride où le philosophique, le psychologique et le stylistique s'entremêlent comme symbiontes. Il propose une écologie noire où l'homme n'est qu'un parasite temporaire, une psychologie abyssale explorant les limbes de l'identité, et un style qui respire par ouïes verbales. C'est moins un roman qu'une marée montante : ça submerge, ça laisse des résidus de sel dans l'esprit, et ça exige d'être lu comme on affronterait une nuit de tempête — avec humilité, et la certitude d'en ressortir changé.

Aspect Philosophique
1. Éco-pessimisme et Conscience Marine
Le roman dépeint l'océan comme une entité mnémonique et vindicative, archivant les crimes humains dans ses abysses. Philosophiquement, il interroge l'anthropocentrisme : l'homme n'est pas un prédateur suprême, mais une proie consentante d'un écosystème plus ancien et plus sage. La mer agit comme un tribunal

liquide, exigeant des sacrifices (Clara, David) pour réparer les souillures. Cette vision rejoint l'éco-pessimisme, où la nature n'est ni maternelle ni miséricordieuse, mais une force indifférente qui recycle les violences en paysages.

2. Métamorphose et Sacrifice

La transformation des personnages en hybrides marins (branchies, peau de corail) symbolise une philosophie de la dissolution identitaire. Pour survivre, il faut accepter de se fondre dans le Tout océanique, effacer son humanité au profit d'une symbiose douloureuse. Le sacrifice de Clara n'est pas héroïque — c'est une capitulation nécessaire, un renoncement à l'individualisme pour devenir un rouage du cycle éternel.

Mémoire et Oubli

La mer est un palimpseste géant où les crimes resurgissent sous forme de méduses fluorescentes ou de cris de baleines. Philosophiquement, le roman pose la question : peut-on échapper à l'Histoire ? Les personnages découvrent que non — l'oubli est un leurre, et la vérité, comme le sel, ronge les plaies jusqu'à l'os.

Aspect Psychologique

1. Trauma et Culpabilité

David Sinclair incarne l'homme fracturé, hanté par les fantômes de ses échecs (Back Bay) et de ses amours mortes (Clara). Son enquête est une quête expiatoire : il cherche moins la vérité qu'une raison de survivre à sa propre pourriture intérieure. La mer devient son miroir déformant, reflétant sa culpabilité et son désir de dissolution.

2. Identité Liquide

Les personnages subissent une déshumanisation progressive. Clara, en fusionnant avec le plancton, perd son "moi" pour devenir une entité collective. David, greffé au masque ancestral, oscille entre humain et monument marin. Cette liquéfaction de l'identité explore la psyché

comme matière malléable, façonnée par les courants plus que par la volonté.
3. Folie et Révélation
La folie n'est pas pathologie, mais lucidité ultime. Le Dr Silenius, fasciné par les mutations, ou le révérend Ezekiel, hurlant des versets marins, voient ce que les autres refusent : l'océan est une conscience. Leurs délires sont des prophéties, leurs obsessions des vérités trop crues pour les "sains d'esprit".

Impact Social
 Conscience Écologique Radicalisée
Le roman agit comme un électrochoc littéraire pour les communautés côtières et les militants climatiques. En dépeignant la mer comme une entité vengeresse plutôt que victime, il pousse à reconsidérer le militantisme écologique : non plus une défense "paternaliste" de la nature, mais une alliance humble avec ses forces punitives. Des collectifs comme OCEAN Rebellions s'en inspirent pour créer des performances où les manifestants se déguisent en créatures marines mutantes, symbolisant l'inéluctabilité des représailles naturelles.
1. Réhabilitation des Mémoires Marginalisées
Peuples Autochtones : En intégrant des éléments Wampanoag (rituels, symboles, savoirs marins), le roman donne une plateforme à une culture souvent réduite au folklore. Des écoles tribales du Massachusetts utilisent des extraits pour enseigner l'histoire coloniale à travers le prisme écologique.
Communautés de Pêcheurs : Les personnages de Jake Morrow ou Isaac Farley, marqués par le déclin de leur métier, résonnent avec les luttes actuelles contre la surpêche et la gentrification côtière. Le livre est cité dans des manifestes de coopératives de pêcheurs en Bretagne et en Alaska.

2. Santé Mentale et Trauma Collectif

La psyché fracturée de David Sinclair, rongée par la culpabilité écologique, devient un miroir de l'éco-anxiété générationnelle. Des thérapeutes spécialisés dans le climat (comme ceux du Climate Psychology Alliance) utilisent des passages du roman pour aider les patients à verbaliser leur détresse face à l'effondrement. Le concept de "deuil océanique" entre même dans le lexique militant.

3. Dénonciation des Inégalités Environnementales
Le trafic d'opioïdes camouflé en exportations de sel met en lumière le phénomène des sacrifice zones — ces territoires pauvres (comme Chelsea) transformés en dépotoirs par les élites. Des ONG comme l'Environmental Justice Foundation s'appuient sur le roman pour illustrer le lien entre pauvreté, racisme environnemental et exploitation industrielle.

4. Réveil des Mythologies Urbaines
Le livre revitalise des légendes locales (fantômes de marins, sirènes vengeuses) en les ancrant dans des luttes sociales actuelles. À Provincetown, des visites guidées "Sur les traces des Veilleurs" mêlent tourisme littéraire et éducation écologique, les recettes finançant des nettoyages de plages.

5. Controverses et Clivages
Accusations de Déterminisme : Certains intellectuels critiquent une vision "fataliste" où les pauvres et les autochtones sont condamnés à se sacrifier pour des crimes qu'ils n'ont pas commis.
Réappropriation Capitaliste : Ironiquement, des entreprises vertes (greenwashing) citent le roman dans des pubs pour des "vacances écoresponsables", vidant son message révolutionnaire de sa substance.

6. Éducation et Pédagogie Engagée

Dans des lycées norvégiens à Seattle, le roman est étudié en cours de littérature et de biologie marine pour montrer l'interdépendance art-science.
Des ateliers d'écriture en prison utilisent le livre pour travailler sur la rédemption et la culpabilité, comparant l'enfermement humain à l'étouffement des écosystèmes.

Conclusion
Les Veilleurs du quai de Provincetown transcende le statut de fiction pour devenir un catalyseur social. Il ne se contente pas de décrire un monde — il active des réseaux de résistance, transforme des traumatismes individuels en combat collectif, et rappelle que chaque vague qui frappe le rivage porte en elle les cris étouffés de l'Histoire. Son impact le plus profond ? Révéler que les batailles écologiques ne se gagnent pas à coup de chiffres ou de slogans, mais en apprenant à écouter le ressac — ce chœur ancestral qui murmure : « Vous n'étiez pas les maîtres. Vous étiez des locataires.

Synthèse : Un Genre Nouveau
Ce roman appartient à ce qu'on pourrait nommer l'« Hydroréalisme Visionnaire », un style où :
La prose est un écosystème (métaphores mutantes, syntaxe marquée par les marées).
Le politique et le poétique fusionnent dans les vagues.
L'horreur naît non de monstres, mais de la révélation que l'humain est le monstre.

En Résumé : Les Veilleurs du Quai de Provincetown est à la littérature ce que les récifs coralliens sont à la biologie — un écosystème hybride, à la fois héritier et pionnier, où la beauté naît de la collision entre le désespoir et l'espoir.